JAMES HANLEY

OZEAN

Roman

Aus dem Englischen
von Nikolaus Hansen

EDITION KATTEGAT

Die Originalausgabe »The Ocean«
erschien 1941 bei Faber and Faber in London.

Für Barbara und Walter
in herzlicher Zuneigung

Dieses Buch ist auch als DÖRLEMANN eBook erschienen.
ISBN 978-3-03820-923-9

Umschlaggestaltung: Mike Bierwolf
Satz: Dörlemann Satz, Lemförde
Druck und Bindung: Theiss, St. Stefan, Österreich
ISBN 978-3-03820-023-2
www.doerlemann.com

James Hanley

I

Als es hell wurde, stand der Seemann auf und sah sich um. Klarer Himmel, lautlos wabernde Wassermassen. Keine anderen Boote. Die Horizontlinie verschwommen.

»Gott sei Dank dafur«, sagte er und setzte sich.

Es war eine Welt, vor der er seine Augen zusammenkniff, ein erschütterndes Blau. Er sah hinab ins Boot. Beim Bug saß eine Gestalt, ganz still, nur der Kopf schaukelte hin und her wie ein Kork im Wasser. Zu seinen Füßen lag ein Mann flach auf dem Rücken. Einer hockte auf einem Knie und erbrach sich über Bord. Ein anderer hatte sich im Schlaf zusammengerollt und schnarchte laut. Der Seemann stand wieder auf und ließ den Blick schweifen. Dann ging er ganz nach achtern. Er sah einen Mann, der, Gesicht nach unten, auf den Bodenbrettern lag. Unter sich das Wasserfass.

»Armer Crilley«, sagte er.

Er zog den Körper vom Fass herunter und brachte ihn weiter nach mitschiffs. Dann legte er ihn in eine würdigere Position, nahm ein Stück Plane und deckte ihn damit zu. Der Körper war von Kugeln durchsiebt. Er ging zurück zu seinem Platz.

»Gott sei Dank, endlich Licht«, murmelte er in sich hinein. Allmählich kam die Erinnerung zurück.

Er war von kleinem, stämmigem Wuchs. Er trug eine Seemannsjacke, eine blaue Arbeitshose und ein braunes Hemd mit offenem Kragen. Er trug keine Kopfbedeckung und sein dickes schwarzes Haar schien verfilzt. Hin und wieder schob er seine Finger durch das Dickicht und kratzte sich. Er war fahrig – seine grauen Augen wurden von den buschigen Brauen fast völlig verborgen, sie waren blutunterlaufen, und eine große Schwere lag in seinem Blick.

»Ich versteh das nicht«, sagte er, erhob sich wieder und starrte vor sich hin, bis ihm der Sinn leichter wurde beim Blick auf den Haufen unter der Plane.

»Bei Gott! Sie sind verschwunden«, sagte er.

Diesmal ließ er sich schwer auf die Bank fallen.

Die Stille glich einem Gebirge, geistlos strotzende Kraft.

Seine Hand glitt in die Hosentasche und er holte seine Uhr hervor. Das zerschlagene Zifferblatt zeigte fünf Minuten nach zwölf.

»Klar! Stimmt. Kurz nach Mitternacht.«

Jetzt erinnerte er sich wieder. Er hatte sich gerade in die Koje gelegt, als eine heftige Detonation die *Aurora* erschütterte, die ihn wieder von der Matratze schleuderte. Die Alarmsirene heulte. Er griff nach Hose und Jacke, warf sie über und stolperte zusammen mit anderen durch das nunmehr dunkle Vorschiff hinaus aufs Welldeck. Er rutschte aus und fiel, stand wieder auf und lief zu seinem Boot. Das Schiff hatte Schlagseite. Überall um ihn herum Rufe und Schreie. Irgendwo auf der Steuerbordseite hörte er ein lautes Krachen. Er wusste, sein Boot war nicht auf der Luvseite. Er stieß gegen eine Windhutze, fand schließlich den Niedergang, packte das Geländer, stieg hinauf, bahnte sich den Weg durch eine Gruppe von Männern, die Namen riefen. Er fing an, Befehle zu geben, und er sah, wie das Boot frei schwang. Im selben Augenblick holte das Schiff heftig über, das Fall brach, ein Block quietschte, er rief: »Warschau!« Und dann war das Boot nicht mehr da, er aber stand noch an derselben Stelle, und Hände zerrten an ihm. Er rief ihnen zu: »Nur die Ruhe!«

Er machte sich los, griff das frei schwingende Ende des Falls und verschwand. Ein brennendes Gefühl in den Händen, dann erreichte er das Boot.

Es war nicht gekentert. Als er den Tampen losließ, kam er ins Taumeln und stolperte durch das halbe Boot, das von einer Welle emporgeworfen wurde. Er konnte seine ausgestreckte Hand sehen, mehr aber auch nicht.

»Verdammt!«, sagte er, »verdammt.«

Dann arbeitete er sich zu der Stelle vor, wo das lose Ende des Falls herabhing. Er konnte die *Aurora* nicht sehen, spürte aber ihre sich neigende Bordwand über sich, ihre dunkle Masse, und ganz hoch oben meinte er tanzende Schatten zu erkennen, genau dort, wo eben noch das Boot gewesen war.

»Kommt runter, los.«

Und während die Männer herunterkamen, hatte er sich einen festen Stand gesucht, hielt den Tampen stramm und griff mit der freien Hand die zitternden Körperbündel. »Gut so.« Einer nach dem anderen kamen sie. Es begann zu regnen. Die schwere See kam genau von vorne. Er dachte die ganze Zeit, dass das Boot am stählernen Rumpf der *Aurora* zerschellen würde. Er dachte die ganze Zeit an die Männer, die herunterkamen. Er dachte an einen Mann namens Crilley.

»Crilley!

Komm runter.«

Er griff nach Crilleys Beinen, dann schoss der Mann davon, sein Körper verharrte einen Moment lang in der elektrisierten Starre eines Fisches am Haken. Dann war er verschwunden. Zwei weitere folgten. Der Tampen schwang träge im Wind.

»Komm runter!«, schrie er, so laut er konnte. »Komm runter!«

Er stand und wartete.

»Komm runter«, schrie er. »Komm runter.«

Der Tampen schwang weiter. Über ihm viele Schreie. Das Schiff schien jetzt ziemlich ruhig zu liegen, es war die Dunkelheit, die trunken torkelte.

»Kommt noch wer?«, schrie er, so laut er konnte. »Kommt noch wer?«

Er bewegte sich langsam durchs Boot, stieß gegen Leiber. Alle zitterten. Er tastete nach jedem einzelnen Körper. »Alles in Ordnung jetzt?«

Geräusche drangen an sein Ohr, Gemurmel, ein Stöhnen, jemand übergab sich. Er hangelte sich zurück, fledermausartig, dorthin, wo das Fall hing. Er hörte ein dumpfes Tosen, und in seinem Kopf brüllte es. »Weg, bloß weg.«

Er zog ein Takelmesser aus der Tasche und schnitt den Tampen durch. Das Boot holte über, stieß mit der Nase gegen den Rumpf der *Aurora*.

»Kommt runter«, schrie er. »Kommt noch wer?«

Er lauschte, er zog am Tampen. »Nutzlos«, sagte er und kappte den anderen Tampen. Das Boot tanzte, es war frei. Er fiel, schlug lang hin, seine Hände tasteten umher, er zerrte an einem Riemen. Er kam auf die Beine, brachte den Riemen in Position, stieß mit aller Kraft ab vom Rumpf der *Aurora*.

»Weg«, brüllte es in seinem Kopf. »Weg, bloß weg.«

Er spürte die Sogkraft des Wassers unter seinem Boot. Er stieß sich mit aller Kraft ab. Plötzlich war das Boot in taghelles Licht getaucht. »Mein Gott!«, sagte er.

»Runter, runter«, rief er mit heiserer Stimme. »Runter.« Kugeln schwirrten ihm um den Kopf. Sein Körper krallte sich an die Bodenbretter des Bootes.

»Crilley, das Wasser«, schrie er, »das Wasser.«

»Alles klar«, sagte Crilley.

Das Licht verschwand, tiefste Dunkelheit umgab sie. Der Seemann lag flach auf dem Bauch. Er sah nichts, spürte nichts, hörte nichts. Er lag still. Alle Geräusche verstummten. In seinem Kopf hatte ein Rad rotiert, und plötzlich war es stehen geblieben. Stille. Er lag da und wartete. Nach ein paar Minuten setzte er sich auf, sah sich um, rief mit belegter Stimme: »Crilley.« Keine Antwort.

»Crilley.«

Keine Antwort.

»Cril-ley.«

Stille.

»Mein Gott!«, sagte er. »Crilley.«

Eine tiefe Ruhe durchströmte ihn, sein Hirn entspannte sich, er saß ganz still da. Regen rann ihm in den Nacken, Tropfen hingen an seiner Nase. Er hob die Hand zum Kopf, betastete sein nasses und verfilztes Haar. »Verflucht! Wo bin ich gewesen? Im Wasser? Aber wie das?«

Er konnte sich an nichts mehr erinnern.

»Hört mich irgendwer?«, rief er.

Jemand musste sich übergeben, stöhnte.

»Wie viele seid ihr? Macht zum Teufel den Mund auf, ihr seid außer Lebensgefahr.«

»Ich bin in Ordnung.«

»Wer bist du?«

»Mein Name ist Benton.«

»Wer noch?«

»Mein Name ist Stone.«

»Bist du in Ordnung?«

»Hier vorne ist ein alter Mann, dem geht's schlecht«, sagte eine Stimme.

»Komm her«, sagte der Seemann.

Eine Gestalt kam näher, und er packte zu.

»Setz dich«, sagte der Seemann. »Neben mich.«

Der Mann setzte sich.

»Du bist Stone?«

»Nein. Benton.«

»Gut! Hier.«

Er drückte dem Mann Riemen in die Hände. »Rudern«, sagte er. »Ganz egal wie. Einfach rudern. Ruhe bewahren, alles wird gut.«

Ohne es wirklich zu merken, ruderte er selbst auch.

An all dies erinnerte er sich, als er achtern saß und die Gestalten im Boot betrachtete, und sein Blick registrierte die unterschiedlichen Haltungen ihrer Körper. Als es heller wurde, waren sie deutlicher zu erkennen. Er zählte sie. Sechs. Er stellte sich hin, reckte die Arme, gähnte laut und sah in die Ferne zum Horizont. Ein Inbegriff der Leere.

»Jetzt gibt's ein paar Dinge zu tun«, sagte er.

Am Boden vor ihm lag ein Mann, und der Seemann stieß ihn vorsichtig mit dem Fuß an.

»Wie heißt du?«, fragte er.

Der Mann öffnete die Augen und setzte sich auf. »Verflucht«, sagte er, »ist das kalt.«

Später sagte er: »Ich bin Stone.« Die dunklen Stoppeln am Kinn des Seemanns fielen ihm auf.

»Gut! Alles klar, du kannst dich wieder hinlegen«, sagte der Seemann.

»Und wie heißt du?«, fragte der andere.

»Ich? Curtain. Joseph Curtain.«

Dann ging er weiter zum nächsten Mann. Der war hellwach und lag in verdrehter Haltung auf einer Bank mittschiffs.

»Wer ist Benton?«, sagte er.

»Ich bin Benton.«

»Bist du in Ordnung? Keine Knochen oder sonst was gebrochen?«

»Ich bin in Ordnung«, sagte der Mann und ließ sich zurück in seine ursprüngliche Position sinken.

Curtain ging weiter nach vorn. Ein Mann saß dort im Bug des Bootes. Es sah recht unbeholfen aus, wie sein bloßer Kopf mit den Bewegungen des Bootes hin und her schaukelte.

»Wie ist Ihr Name?«

Als der Mann den Kopf wandte, setzte der Seemann sich zu ihm und starrte ihn an. Er war alt.

»Sie sind Priester«, sagte der Seemann, und der Klang seiner Stimme hatte sich verändert.

»Mein Name ist Michaels, Pater Michaels. Ich versuche, mich zu erinnern, was passiert ist«, sagte er und hatte seine kindergleichen Augen geradewegs auf Curtains Gesicht gerichtet.

»Wir sind vergangene Nacht um fünf Minuten nach zwölf von einem Torpedo getroffen worden, und später hat eine Maschinengewehrsalve das Boot erwischt. Der andere Seemann ist tot. Er liegt dort.« Er deutete auf den Haufen unter der Plane.

Der alte Mann schüttelte den Kopf. »Wie grauenhaft – wie furchtbar.«

»Sind Sie in Ordnung?«

»Ich war seekrank«, sagte der Priester, »schrecklich seekrank. Jetzt geht es mir schon viel besser.«

»Wer ist dieser Mann?«

Sie beide sahen hinüber zu der langen, dünnen Gestalt eines Mannes, der flach auf dem Rücken lag.

»Das kann ich Ihnen nicht sagen«, sagte Pater Michaels. »Ich weiß nicht –«

Curtain wandte sich abrupt ab und hörte, wie sich der alte Mann heftig übergeben musste. Er beugte sich hinab und berührte den Mann an der Schulter. Er reagierte nicht.

»Sind Sie in Ordnung?«, sagte er. »Wie heißen Sie?«

Der Mann öffnete die Augen. »Kay«, sagte er, »oh, Kay.« Dann schloss er sie wieder. Curtain griff sich mit der Hand in die Tasche und zog ein paar nasse Papiere hervor und blätterte sie durch. Dann steckte er sie zurück.

»Sein Name ist Gaunt. John Gaunt.«

Er betrachtete die Gestalt zu seinen Füßen.

»War dieser Mann seekrank?«, und er sah den alten Priester geradewegs an.

Dann sagte er: »Verstehe.« Der alte Mann war fest eingeschlafen.

»Gaunt«, sagte Curtain. »Mr. Gaunt hat es am Kopf erwischt.«

Er holte ein großes Taschentuch hervor, tauchte es ins Meer und begann, dem Mann das Blut von der Stirn zu wischen. Der schlug wieder die Augen auf.

Verwirrt sah er den Seemann an.

»Ihr Name ist Gaunt, Sie hat's böse erwischt.«

»Kay, Ka-y«, sagte Gaunt.

»Ihr Name ist Gaunt?«

»Kay«, sagte der Mann.

Der Seemann wandte sich ab und ging wieder nach achtern. »Es gibt ein paar Dinge zu tun«, sagte er, »Dinge zu tun.« Er kam mit einer Schöpfkelle voll Wasser zurück. Er kniete sich hin, legte Gaunt eine Hand auf den Hinterkopf. »Hier! Trinken Sie. Bald geht's Ihnen besser.«

Er flößte dem Mann Wasser ein, doch Gaunt registrierte davon nichts, auch sah er nicht, dass Curtain sich über ihn beugte. Er sah nur die Brecher, die auf ihn zurasten, die Brecher, die sich teilten, und dann versank er. Er lag mit ausgestreckten Gliedern auf dem Meeresgrund.

»Wo bist du, Kay?«

Er wollte sich festklammern, doch große Löcher taten sich auf, der Meeresgrund brach auseinander, die Spalten glichen mächtigen Adern.

»Trinken Sie das hier«, sagte Curtain und beobachtete, wie die Tropfen herabrannen. »Es geht Ihnen bald wieder gut.«

Es gab weder Ruhepause noch Halt. Der Meeresgrund gab nach, und er stürzte in die Tiefe.

»Kay«, sagte er.

»Sehen Sie mich an, Gaunt«, sagte Curtain. »Sie sind in Ordnung. Sie haben einen Schlag an den Kopf abbekommen. In ein paar Minuten geht's Ihnen wieder gut. Bleiben Sie hier einfach ganz ruhig liegen. Alles klar?«

Ein Pfeifton hallte hohl in Gaunts Schädel, so dass er die Worte des Seemanns nicht verstand. Gleich einer Wand ragte die Dunkelheit vor ihm empor, und er begann, sie zu erklimmen.

»Wo bist du, Kay?«

Curtain krempelte den Mantelärmel des Mannes

auf, riss ein Stück Stoff von seinem Hemdsärmel ab und band es Gaunt um den Kopf.

»Es geht Ihnen bald besser, keine Sorge. Bleiben Sie still liegen.«

Er ließ ihn allein, ging zu der Stelle, wo Crilley lag, und stand da und betrachtete ihn.

»Armer Crilley«, sagte er, setzte sich und schaute auf die Plane, als erwarte er jeden Moment, dass sie anfing, sich zu bewegen.

»Einer tot, einer schläft, einer nicht ganz richtig im Kopf. Einer fürchterlich seekrank.« Er sah den Mann an, der noch immer über der Bordwand hing und sich erbrach.

Einer hatte sich inzwischen aufgesetzt, starrte ihn an.

»Das muss der gute Stone sein«, dachte er, stand auf und ging zu ihm.

»Du bist Stone, nicht wahr?«

»Ich bin Stone«, sagte der Mann.

»Wir sind in einer vertrackten Lage«, sagte Curtain. »Hast du eine Uhr?«

»Nein! Ist das, was da liegt, ein Mann?«

»Ja. Ein Mann namens Crilley. Sie haben ihn erwischt. Wir werden bestimmt bald aufgefischt.«

»Glaubst du wirklich?«

»Warum nicht?«

Etwas verhaltener fügte er hinzu: »Vielleicht natürlich auch nicht. Schwer zu sagen. Einerseits glaube ich, dass sie die Funkanlage auf dem Schiff zerstört haben, wir hätten eigentlich längst aufgefischt sein müssen. Wir sind ein paar hundert Meilen vom Land entfernt. Ich schätze, die anderen beiden Boote sind zu Bruch gegangen. Ich dachte, wir würden etwas von ihnen sehen, als es hell wurde. Ich bin in der Dunkelheit lange gerudert.«

»Was ist mit ihm passiert?«, fragte Stone und deutete mit dem Finger.

»Sie haben das ganze Boot mit Maschinengewehrfeuer belegt. In dem Moment, als ich den Suchscheinwerfer sah, wusste ich es. Das ist nicht neu. Ich war am anderen Ende des Bootes. Es war ein verdammtes Durcheinander, kann ich dir sagen. Ich dachte, dass das Boot kentert jeden Moment. Jedenfalls hat Crilley sich das Ding geschnappt, er lag auf dem Wasserfass. Ich hatte es gerade erst entdeckt, und mir blieb nicht mal mehr die Zeit, es zurück ins Schapp zu schieben. Keine Zeit für irgendwas.«

»Aber meinst du, sie wussten, dass er auf dem Fass lag?«

»Ach, ich weiß nicht«, sagte Curtain mit einem

Seufzen, Groll lag in seiner Stimme. »Gehört zu den Sachen, die einen Mann ins Grübeln bringen. Crilley war mein Kumpel auf der *Aurora*. Wenn sie ein Boot auf diese Weise unter Maschinengewehrfeuer nehmen, besteht immer die Gefahr, dass sie deine Wasservorräte anbohren. Heute bringen sie dich nicht mehr direkt um, aber wenn du ein Wasserfass mit Kugeln durchlöcherst, dann bringst du alle um – in bester deutscher Manier. Wie dem auch sei, mir bleibt nur eine Möglichkeit, die Dinge zu deuten. Bestimmt werden wir heute aufgefischt. Aber wenn nicht, dann können wir den Mann unter der Plane nicht an Bord behalten. Dir ist nicht bange oder so?« Er sah dem anderen direkt in die Augen.

»Nein«, sagte Stone, »mir ist nicht bange.«

»Gut! Dann bleib jetzt ganz ruhig hier sitzen, bis ich zurückkomme. Ich mach eine Runde, um nach dem Rechten zu sehen, und es wird nicht lange dauern.«

Stone sah hinaus auf den Ozean. »Er ist gewaltig«, sagte er. Er wusste nicht, wie lange er hinausgestarrt hatte, aber irgendwann kam Curtain zurück, und er drehte sich um.

»Dir ist nicht schlecht oder so?«, sagte Curtain und setzte sich zu ihm.

»Es muss eine Menge passiert sein, als das Boot runtergekracht ist«, sagte Curtain. »Trotzdem, man kann nicht klagen. Wir haben Riemen. Kannst du rudern?«

»Werd's versuchen.«

»Gut! Wir haben Wasser, eine Dose mit Zwieback und drei Dosen Milch. Ich mach die Runde und lass euch Jungs die Taschen ausleeren«, sagte er mit einem gezwungenen Lächeln. »Ich hab Streichhölzer, die als Streichhölzer nicht mehr taugten, über Bord geworfen. Es dürfte noch mehr Dinge geben. Man trifft alle möglichen Vorkehrungen für solche Ereignisse, und dann, wenn's passiert, fängt man an sich zu fragen, ob es nicht reine Zeitverschwendung war. Wie dem auch sei, kein Gemurre, wir haben, was man braucht, um das Boot vorwärts zu bringen, wir haben ein paar Lebensmittel. Das ist das Wichtigste. Solange alle die Ruhe bewahren, alle sich zusammenreißen, bin ich's zufrieden. Ich bin der einzige Seemann an Bord. Ihr seid allesamt Fremde für mich. Aber ich werde mich auf jeden Einzelnen von euch verlassen müssen, ausgenommen der alte Priester da vorne, der ist zu nichts nutze. Ich werde Wachen einteilen, jeder kommt an die Reihe beim Rudern. Um kein Risiko einzugehen, bekommt jeder Mann einen

Zwieback und ein wenig Wasser als Ration. Die Milch werde ich für ein Teekränzchen aufbewahren.«

In diesem Moment stöhnte Stone auf, lehnte sich über die Bordwand und erbrach sich.

»Das ist gut«, sagte der Seemann. »Bring's hinter dich.«

Er fasste Stone mit einer Hand bei der Schulter, presste die andere flach auf die Stirn des Mannes.

»So ist's recht«, sagte er, »immer raus damit.« Dann zog er den Mann zurück, der lehnte sich an seine Schulter, Curtain sah hinab auf die anderen Männer, vergaß mit einem Mal Stone, spürte nicht einmal mehr dessen Gewicht an seiner Seite. Er starrte hinüber zum alten Priester, zu Gaunt, der flach auf dem Rücken lag. Langsam drehte er den Kopf, gleichmäßig, als säße er auf einem gut geölten Drehlager, und suchte das Meer ab. Aber er konnte nichts sehen, und die Stille wurde erdrückend.

»Und geht es dir wieder gut?«, fragte er und sah Stone an, dessen Gesicht zwischen Grau und Grün changierte. »Fühlst du dich besser?«

Stone bewegte die Lippen, brachte aber kein Wort hervor.

»Verdammt«, brummte Curtain.

Er setzte den Mann bequem hin, etwas zum Anlehnen im Rücken, dann ging er nach mittschiffs. Dort blieb er stehen und besah sich die anderen. Er sprach nicht mit ihnen. Er sprach flüsternd mit Crilley.

»Ich wünschte, du wärest hier«, sagte er. »Armer alter Crilley.«

Er legte die Hände an die Brauen, suchte den Horizont ab, murmelte in sich hinein: »Schiff verloren, Job verloren. Eben noch in der Koje, im nächsten Moment mitten im verfluchten Ozean. So sieht's aus.«

Während er das sagte, ließ er sich hinabgleiten, erst auf das eine Knie, dann auf beide, er lehnte sich auf den Sitz. In dieser Position schlief er ein.

II

Er hatte ein kleines Buch mit Leinenrücken, er schlug es auf, holte einen Bleistiftstummel hervor. Auf der ersten Seite stand »Für Dad von Nell«. Er schrieb die Namen in dieses Buch. Gaunt. Pater Michaels. Stone. Benton. Crilley. Er strich den Namen Crilley durch. »Wenn wir heute nicht aufgefischt werden«, sagte er zu sich selbst. Dann steckte er das Buch zurück in die Tasche und ging nach vorne. Benton und der Priester saßen dicht beieinander, unterhielten sich. Gaunt saß ganz in ihrer Nähe, schien aber nicht zuzuhören, war wie in Trance. Curtain sah, dass das Stück Hemdstoff an seiner Schläfe festgeklebt war. Er beschloss, sich im Moment nicht weiter darum zu kümmern. Er setzte sich. Das Boot wurde wild herumgeworfen, Wind wehte über den Bug, zerzauste das schüttere graue Haar des Priesters. Ohne sich umzudrehen, rief Curtain: »Stone.« Die anderen sahen ihn an. Er wartete, bis Stone zu ihm kam.

»Setz dich«, sagte er. »Ich werde alle vier Stunden eine Ration verteilen. Alle vier Stunden ist ein anderer mit Rudern an der Reihe. Es gibt keinen

Grund zur Sorge. Das ist alles«, sagte er, und sein Blick wanderte von Mann zu Mann.

»Meinst du, wir werden heute aufgefischt?«, fragte Benton.

»Das kann ich nicht sagen«, sagte der Seemann. Er wendete den Blick von den Männern ab.

Der Ozean war groß, das Boot klein, er wünschte, mit ihm im Boot wäre noch ein weiterer Seemann, dann wäre alles anders. Er war ein Fremder unter diesen Männern, er kannte sie nicht, sie kannten ihn nicht. »Aber bald werde ich sie kennenlernen«, dachte er.

»Was wirst du mit dem Mann da unten machen?«, fragte Stone.

»Wenn wir heute nicht aufgefischt werden, bekommt er sein Seemannsgrab«, sagte Curtain.

Es herrschte ein plötzliches Schweigen. Sie sahen in alle Richtungen, nur nicht einander an. Der Ozean schien ihre Aufmerksamkeit zu fordern.

»Merkwürdig, dass wir den anderen Booten nicht begegnet sind«, sagte Benton, »aber vielleicht sichten wir sie später am Tag.«

»Ich muss die ganze Zeit an den armen Mann denken«, sagte Pater Michaels.

»Geht's Ihnen besser, Gaunt?«, fragte Curtain, beugte sich vor, legte dem Mann eine Hand aufs Knie.

»Mir geht's besser«, sagte Gaunt, und Curtain sah in ein vor Erschöpfung blasses Gesicht. So blass, dass man sich fragte, ob es je durchblutet gewesen war.

»Bleiben Sie ganz ruhig sitzen, Gaunt. Mehr müssen Sie im Augenblick nicht tun. Stone, du kommst mit mir nach achtern. Hat jemand eine Uhr? Meine zeigt fünf Minuten nach zwölf, aber das tut sie schon seit Stunden.« Er stand auf, wartete.

»Ich hab eine«, sagte der Priester und tastete mit zitternden Fingern in seiner Tasche herum.

»Sehr gut«, sagte der Seemann, und im nächsten Augenblick hielt er die Taschenuhr des alten Mannes in der Hand. »Sie sind so nett und leihen sie mir.«

»Nehmen Sie«, sagte Pater Michaels.

Der Seemann entfernte sich, Stone folgte ihm.

»Der gute Gaunt kommt mir irgendwie komisch vor«, sagte Stone.

»Er hat einen Schlag abbekommen. Der ist bald wieder klar im Kopf.«

»Wenn ich mich recht entsinne, war auf der *Aurora* eine Frau bei ihm. Vielleicht seine Ehefrau.«

»Pech! Aber vielleicht hat sie's auf eines der anderen Boote geschafft. Ich kann mich nicht erinnern, ihn an Bord gesehen zu haben, und du doch auch nicht. Aber so ist das halt, ein Seemann nimmt die Passagiere nie bewusst wahr, bis es irgendwann verdammt nochmal zu spät ist, und dann weiß er so gut wie nichts über sie. Warst du vorher schon mal in so einer Situation?«

»Nein«, antwortete Stone, »war ich nicht«, aber Curtain schien ihm nicht zuzuhören. Er maß die Wasserration in einer Dose ab.

»Hier«, sagte er, »und der Zwieback ist steinhart. Du musst nicht essen, wenn du nicht willst, klar?«

Stone nahm die Zigarettendose mit dem Wasser und leerte sie in einem Zug. Der Zwieback hatte etwas Abstoßendes, er steckte ihn in die Tasche. Curtain beobachtete ihn dabei, sagte aber nichts.

Er sah einen Mann von etwa fünfunddreißig Jahren, groß, gut gebaut, glatt rasiert, mit sandfarbenem Haar, das sich an den Schläfen bereits lichtete. Seine Nase war lang, der Mund klein. Er hatte braune Augen. Ihn anzuschauen weckte in dem Seemann ein Gefühl des Vertrauens. Er fragte sich, wer er sein mochte, woher er kam. Stone sollte ihm später erzählen, er käme aus den Midlands, ohne allerdings zu sagen, woher genau. Er war Lehrer. Er war auf dem Weg nach Kanada gewesen, um dort eine neue Stelle anzutreten.

»Verstehe«, sagte Curtain, »verstehe. Und nun zu den anderen. He da, Benton!«

Stone entfernte sich, hielt inne. »Ich werde jetzt rudern.«

»Ja, ruder du«, sagte der Seemann, »ich bin gleich da und mach mit.«

Benton kam herbei.

»Dem guten Stone scheint der Anblick des Zwiebacks nicht zu behagen, und mir behagt er auch nicht. Aber ich muss sagen, er war besser als nichts, findest du nicht?«, bemerkte Curtain, als Benton bei ihm war, und während er die Dose mit Wasser füllte und sie Benton reichte, lächelte er den Jüngeren aufmunternd an.

»Nicht älter als zwanzig«, dachte er.

»Warst du schon jemals auf einem Boot?« Er betrachtete die schmale Gestalt, sein helles Haar, ein offenes, jungenhaftes Gesicht, und gleichzeitig fiel ihm auf, dass es dem jungen Mann auf wundersame Weise gelungen war, der *Aurora* in Anzug und Mantel zu entkommen. Und Benton hatte zugleich etwas Schüchternes an sich.

»Ich bin mit einem Boot auf der Themse gerudert«, sagte Benton. »Ich schätze, du weißt alles über Boote, Curtain.«

»Hier, bittschön. Runter damit. Und hier hast du deinen Zwieback. Vor Mittag gibt es weiter nichts mehr. Du kannst dich an die Riemen setzen, wenn du fertig bist. Du scheinst nicht seekrank zu sein. Das kommt vom Rudern auf der Themse«, schlussfolgerte er.

Er wartete auf die Dose, nahm sie und füllte sie wieder auf. Dann ging er nach vorne zu dem alten Priester.

»Oh, nein, nein«, sagte Pater Michaels beim Anblick der Dose. »Ich kann nicht, ich – trau mich nicht. Ich bin –«

»Sie müssen dieses Wasser trotz allem trinken«, sagte Curtain. »Können Sie den Zwieback essen?« Er legte einen Arm um den alten Mann.

»Sie sind auch ganz nass. Komisch, ich habe Öl im Haar. Vielleicht waren wir beide im Wasser. Ich kann mich an kaum was erinnern.«

Er presste dem Priester die Dose an die Lippen, zog sie jedoch schnell wieder zurück und wandte sich zu Gaunt um. Er hörte, wie sich Pater Michaels wieder übergeben musste.

»Hier, Gaunt«, sagte er. »Die nächste Ration gibt's gegen Mittag.«

Gaunt nahm das Wasser und den Zwieback und sagte, »Danke«, sah dabei den Seemann aber nicht an.

»Meinen Sie, wir haben eine Chance, die anderen Boote zu sichten?«, fragte er.

»Ich weiß es nicht. Alles hängt davon ab, welchen Kurs sie genommen haben. Aber ich mach mir keine Gedanken. Ich bin mir sicher, dass wir heute noch gefunden werden.«

»Meine Frau war auch an Bord des Schiffes«, sagte Gaunt.

»Ich hab was in der Richtung von dem guten Stone gehört. Es tut mir verdammt leid, aber ich gehe davon aus, dass sie in einem der anderen Boote sitzt.«

»Das spielt jetzt keine Rolle«, sagte Gaunt und gab die Dose zurück. Den harten Zwieback steckte er sich in die Tasche.

»Irgendwas ist ein bisschen komisch mit diesem Kerl«, dachte Curtain. »Ich muss ihn im Auge behalten. Darf verdammt nochmal kein Risiko eingehen. Außerdem ist er nicht fit genug, um hier an Bord irgendwas zu tun.«

Er dachte nach über Gaunt. »Die beiden sollen sich erst mal für eine Weile gegenseitig Gesellschaft leisten. Benton, Stone und ich können uns um alles kümmern.«

Er wandte sich noch einmal dem Priester zu. »Geht's Ihnen jetzt besser?«

Dann wollte er eigentlich sagen, dass er befürchtete, sie würden schlechtes Wetter kriegen, überlegte es sich aber anders, schwieg.

Ehe er die beiden allein ließ, beugte er sich hinunter zu Gaunt. »Wenn Sie ein Schiff sehen, schreien Sie, wenn Sie *irgendwas* sehen, schreien Sie.«

Er sah Stone an seinem Platz kräftig pullen. Benton saß hinter ihm. Er nahm die Riemen und begann zu rudern.

Eine Weile ruderten sie schweigend. Curtain sah weder die Männer vor sich, noch sah er Gaunt. Er sah nicht den alten Priester. Er sah Crilley, wie er über dem Fass lag. Er wünschte, Jennins oder Grimes wären mit ihm im Boot. Sicher, man sah Fremde auch auf der *Aurora*, aber in diesem kleinen Boot waren die Fremden noch viel fremder. Er dachte, wie ein Seemann sein Leben lang mit solchen Dingen konfrontiert wurde. Er redete mit sich selbst, während er ruderte. Er hoffte, dass Jennins und Grimes sicher von Bord gekommen waren. Sie, und Crilley, waren seine Kumpel gewesen.

Er sah, dass Stones Ruderblätter plötzlich durchs Wasser schleiften. »Hol ein«, sagte er.

Benton ruderte weiter. »Wenn er meint, dass er hier auf der Themse rudert, ist das nur gut«, dachte Curtain.

Als er nach vorne schaute, sah er über dem Horizont ein Lichterspiel. Das Licht war grell, es schmerzte in den Augen. Er begann, mit ihnen zu reden. Wärme breitete sich zwischen ihnen aus. Er dachte, dass er sich auf diese beiden Männer verlassen konnte, und irgendwann fragte er sich, ob der alte Priester die Sache durchstehen würde. Er war so alt, acht- oder neunundsechzig, dachte er, zart, wie ein alter Säugling. Benton kam aus Somerset. Er erzählte von zu Hause. Seine Freundin war dort.

»Du wirst müde, Junge. Hol den Riemen ein.«

Er ruderte weiter. Stone erzählte von seinem Zuhause in den Midlands, von seiner Arbeit dort. Er hoffte, dass er zurück an seine alte Stelle könnte.

»Meine Stelle ist auch futsch«, sagte Curtain und lachte laut auf. »Seeleute müssen andauernd das Schiff wechseln. Einem bleibt kaum Zeit, sich einzuleben.«

Stone griff wieder nach den Riemen.

Manchmal döste Stone beim Rudern ein, und wenn er die Augen aufschlug, klaffte der Himmel über ihm, und der Ozean schien doppelt so groß und ließ ihn schwindeln.

»Wir werden heute noch aufgefischt«, sagte er zu sich selbst. »Wir werden heute noch aufgefischt. Da bin ich mir sicher.«

Er fühlte sich im Geiste gestärkt bei dem Gedanken, und das Boot schien durchs Wasser dahinzuschießen. Aber es waren nur die kräftigen, langen und gleichmäßigen Ruderschläge des Seemanns hinter ihm, die das Boot vorwärts trieben, hin zu einem Horizont, der, so kam es Stone vor, immer weiter zurückzuweichen schien.

»Worüber denkst du nach, schweigsamer Stone?«

Bentons Kopf hing tief herab, lag beinahe auf der Schulter des Vordermannes.

»Nichts«, sagte Stone, in dessen Kopf es nur so wimmelte von Schiffen, winkenden Armen, Rufen über das Wasser, Händen, die ihn emporzogen, in Sicherheit, und er träumte von einem Ort, der ihm Schutz bot vor dem Himmel und dem Wasser, die so überwältigend waren, dass sich alles um ihn herum zu drehen begann. Als sie hörten, dass er sich übergeben musste, sagte Curtain, er solle nach achtern gehen und sich eine Weile hinlegen.

»Ich bleib, wo ich bin«, sagte Stone und erbrach sich, wo er gerade saß.

Er konnte sich nicht rühren, sein Körper schien Gewicht zugelegt zu haben, ein sonderbares Gefühl breitete sich in seiner Magengrube aus, der Himmel über ihm begann zu beben.

»Hinterher geht's dir besser«, sagte der Seemann.

Die Riemen quietschten in den Dollen. Benton hatte seinen Riemen wieder ausgefahren und pullte kräftig, doch Curtain wusste, dass er das nicht lange durchhalten würde. Er dachte an einen Städter auf dem Lande, der versuchte, an einem Nachmittag einen Morgen Land umzugraben. Aber er mochte Benton, er war fröhlich, er war willig. Ein bisschen ein Wichtigtuer, aber das machte nichts. Solange sie redeten, sich freundlich verhielten, war alles in Ordnung. Der Stille des Ozeans konnten sie nicht entgehen, es lag eine nicht zu unterschätzende Bedrohlichkeit darin, in den trostlosen Wasserwüsten um sie her. Aber es gab Dinge, die waren weit schlimmer, und Curtain wusste um sie. Schweigen im Boot wäre das Schlimmste von allem. Mit Worten konnte man Mauern bauen, die den Ozean ausgrenzten.

Benton begann, ihn mit Fragen über die *Aurora* zu löchern, er behauptete, sich nicht mehr erinnern zu können, wie er an dem Tampen nach unten gekommen war. Er erwähnte den Torpedo, das U-Boot, die Kugeln, die über das Boot hinwegsirrten.

»Wir wollen darüber jetzt nicht reden«, sagte Curtain, »außerdem bist du total erledigt. Ich seh es dir an. Geh nach achtern und leg dich zu Stone.

Du hast lange gepullt. Manchmal hat man das Gefühl, man rudert im Kreis, aber das ist immer dasselbe in den ersten paar Stunden. Warst du schon seekrank?«

»Vergangene Nacht hab ich mich übergeben«, sagte Benton und drehte sich um.

Sie saßen sich jetzt gegenüber. Zum ersten Mal sah Benton Curtain aus der Nähe, und es war etwas an dem Seemann, das ihm gefiel.

Er beobachtete Curtain beim Rudern, beobachtete seine Hände, und er sah, mit welcher Leichtigkeit, mit welcher Präzision der Seemann ruderte, wie er in sich hineinsummte, während sein Körper vor und zurück schwang. Er schaute wieder auf Curtains Hände, und nun sah er, wie sie Rationen verteilten, wie sie Gaunt halfen, sich aufzusetzen, wie sie Pater Michaels an der Schulter fassten. Es waren große Hände, gebräunt, behaart, mit kurzen kräftigen Fingern. Während er sie betrachtete, fühlte er sich an Eisen, an Granit erinnert. Die Gewissheit, mit der er ruderte, als würde die ganze Zeit direkt über dem Horizont ein Schiff schweben. Dann dachte er: »Wir sind angewiesen auf ihn.«

Curtain versorgte sie, munterte sie auf, hatte ein Auge auf sie alle. Redete, um das Schweigen der anderen zu brechen. Curtain wischte dem alten

Priester den Sabber vom Mund, gab ihm mit der Schöpfkelle einen Schluck Wasser zu trinken. Curtain war der funktionierende Plan. Er war Ursache und Wirkung, er war die Ordnung und die Hoffnung, der Plan und seine Umsetzung. Ohne Eile, ohne Konfusion, glaubend, gewiss. Das alles war Benton sonnenklar, während er dasaß und Curtains Hände betrachtete, und sein Gesicht, das verdunkelt war vom Eintagebart, hinter dem man jedoch ebenfalls den Granit, den Felsen durchschimmern sah. Als der Seemann endlich den Blick hob, fand er Benton schlafend, sein Körper bewegte sich im Rhythmus des schaukelnden Bootes.

»Ein guter Junge«, sagte Curtain, »ein guter Junge.«

Er zog die Riemen ein, verstaute sie, lehnte sich zurück, ließ das Boot treiben. Inzwischen wehte ein leichter achterlicher Wind.

Er sah zu Benton, und an ihm vorbei zu Pater Michaels und zu Gaunt, aber er sah nicht zu Stone, es genügte ihm, ihn schnarchen zu hören.

»Ein Haufen dreckiger Schweine«, sagte er und dachte dabei an Crilley, Crilley, der plötzlich unter der Plane hervorkam, Crilley, der dem Meer entstieg, der ihn ansah, dem das Wasser aus den

Kleidern troff, in dessen Körper zahllose Kugeln steckten.

»Ich muss auch seine Madame aufsuchen. Verdammt«, sagte er, »verdammt.«

Es hätte den alten Mann treffen können. Crilley war erst dreißig. »Ich frage mich, ob es einen Unterschied gemacht hätte?«

Er sah Mrs. Crilley vor sich. Sie hieß Jane.

Curtain schaute ein Stück zurück in seinem Leben, und Crilley und Jane und er waren zusammen und lachten gemeinsam über Buster Keaton. Das war sehr lange her.

»Er ist tot, und ich hab einiges zu erledigen in der Angelegenheit. Im Namen von Jesus Christus, wie konnten sie wissen, dass Crilley auf dem Wasserfass lag? Arme Jane«, sagte er.

Der Teufel sah auch im Dunkeln.

»Aber er wusste doch nichts von Crilley.« In seinem Kopf drehte sich alles um Crilley, der tot unter der Plane lag.

Vorne schrie Gaunt plötzlich wie ein Wahnsinniger. »Ka-ay.«

Doch Curtain hörte nichts, sah auch Gaunt nicht, dachte an seine Frau und seine beiden Kinder. Er hoffte, bald zu Hause zu sein.

»Wenn der Dreckskerl bei Tageslicht zugeschlagen hätte, wäre die Sache viel anständiger vonstattengegangen«, dachte er und erinnerte sich an die Dunkelheit, an die herumstolpernden Gestalten, an das tanzende Boot und an das grelle Licht. Der Wind in seinen Ohren, und der Tampen, der an seinem Gesicht vorbeiflog. Fünf Angstbündel, die herabkamen, sich festklammerten, von ihm abfielen in die Dunkelheit, und das Boot kurz vor dem Kentern. Und die Hölle auf Erden.

Ohne es zu merken, besah er seine Hände, die Handflächen nach oben gekehrt, eine Verbrennung, die Spuren des heißen Tampens.

»Ich werde Crilley sein Seemannsgrab bereiten müssen, wenn heute nichts mehr passiert. Sie müssen unser Funkgerät zerstört haben, das bringen sie fertig, verflucht.«

Ein gutes Stück der Wasseroberfläche um sie her verdunkelte sich, wie er beobachtete, dann sah er auf. Eine Wolke in Form einer Faust zog vorbei, er meinte einen Regentropfen im Gesicht zu spüren.

»Regen«, sagte er, »Regen.«

»Regen, das ist gut«, dachte er und erschauerte in seinen feuchten Kleidern. »Ich werde eine Plane spannen, um das Wasser aufzufangen.«

Er stand auf, um nach achtern zu gehen, aber irgendetwas im Verhalten des alten Priesters ließ ihn innehalten. Pater Michaels saß mit dem Rücken zu ihm, und sein Mantel – »Wer zum Teufel denkt in so einer Situation an seinen Mantel?« – lag über seinen Schultern wie ein flatternder Umhang im Wind. Curtain musste an einen großen Seevogel denken, der soeben im Bug des Bootes gelandet war. Aber das war es nicht, es war die Art, wie der Körper des alten Mannes gefährlich weit über den Bug zu hängen schien. War Pater Michaels wieder seekrank? Er ging zu ihm. Gaunt starrte ihn an mit einem Ausdruck, als hätte er den Seemann noch nie gesehen, doch Curtain ignorierte den Blick, ging zum Priester und packte ihn am Arm.

»Sind Sie seekrank?«

»Er schläft fest«, sagte Gaunt. »Er schläft seit mindestens einer Woche.«

»Das wusste ich nicht«, sagte Curtain, und der Gedanke flackerte in ihm auf: »Was zum Teufel stimmt nicht mit dem Kerl?«

»Wie geht es Ihrem Kopf, Gaunt?«

»Gut. Es geht schon besser. Meinen Sie, der alte Knabe wird sterben?«

»Keine Ahnung, keine Ahnung«, sagte Curtain rasch, dann drehte er sich um und ließ den anderen allein.

Er durchwühlte das Achterschapp, fand, was er

suchte. Er dachte, vielleicht hätten sie genug Plane, um achtern eine Art Unterstand zu bauen, und sei es nur, um einen Platz für den alten Mann zu haben. Vielleicht starb der alte Mann, vielleicht auch nicht. Warum hatte Gaunt gefragt? Wenn der alte Priester ihn gehört hatte.

»Er ist ganz zweifellos krank«, sagte er sich. Dann laut und zornig: »Verdammt, sie sind alle ein bisschen sonderbar. Ich wünschte, Jennins wäre hier. Oder Grimes.«

Er warf das Stück Plane hin und ging, um nach Crilley zu sehen. Er war entschlossen, er senkte die Hand, um die Plane wegzuziehen, zögerte. »Arme Sau«, sagte er, »armer alter Crilley«, riss an der Plane, sah eine steife Hand. »Nein, jetzt nicht.«

Er kam an Stone vorbei und gab ihm einen sanften Tritt. »Wach auf, Stone.«

»Wassn los?«

»Nichts. Ich will mit dir reden, das ist alles. Der Junge da ist tot. Gaunt und der alte Mann können mir im Moment nicht helfen. Setz dich hier hin und hör mir zu.«

Stone gähnte. »Meine Rippen, meine verfluchten Rippen.«

»Deine Rippen sind in Ordnung«, sagte der Seemann. »Da unter der Plane liegt ein Mann, und den müssen wir bestatten. Es gibt Gründe, warum es besser ist, dass wir ihn heute Abend bestatten. Pater Michaels ist, bei aller Munterkeit, ein sehr kranker Mann. Die ganze Zeit der Sonne ausgesetzt sein, das haut sie um. Gaunt, bei dem bin ich ein bisschen misstrauisch, weil er diesen Schlag an den Kopf gekriegt hat. So eine Kleinigkeit wie einen Mann zu bestatten könnte ihnen an die Nerven gehen. Alles verdammt schwierig, kann ich dir sagen. Musst dich um jede Kleinigkeit kümmern, musst dafür sorgen, dass alles normal läuft. Jetzt sag mir«, er beugte sich über Stone, drückte eine Hand auf sein Knie. »Hättest du Angst – ich meine, wärst du irgendwie bange, mir zu helfen, ihn einzunähen? Ich hab hier ein Stück Plane. Irgendwann, wenn es dunkel ist. Oder findest du, wir sollten eine richtige Zeremonie abhalten, mit dem alten Priester da?«

»Er weiß, dass ein Toter an Bord ist«, sagte Stone, ohne dabei an Crilley oder an Pater Michaels zu denken noch genau zu erinnern, was Curtain zu ihm gesagt hatte, in seinem Kopf eine Mischung aus Angst, Vermuten, Staunen.

»Alle wissen das. Ich hab ihnen gesagt, dass ich Crilley über Bord werfe, wenn wir heute nicht mehr aufgefischt werden. Das ist das einzig Vernünftige. Er war mein Kumpel.«

Es entstand ein unbehagliches Schweigen, Stone war Lichtjahre entfernt von Crilley, Curtain war ihm nah, dachte an Jane, an das gemeinsame Stück Weg in ihren Leben, dachte an Crilley, der über Keaton lachte, der tot auf dem Wasserfass lag, an Jane, die wartete.

»Ich frage mich, wie es wohl Mum und Nell geht«, kam es ihm in den Kopf, er deckte sie zu, mummelte sie ein, in Gedanken sah er Mum, die lächelnd auf ihn zukam. Er nannte sie immer »Mum«.

»Also«, sagte er, »meinst du, du bist bange, einen Seemann einzunähen? Mir dabei zu helfen?«

»Ich helf dir«, sagte Stone. »Es tut mir fürchterlich leid. Ich wusste nicht, dass er dein Kumpel war.«

Curtain antwortete nicht. Es schien keinen Grund für eine Antwort zu geben. Crilley war schon fort, aus dem Sinn. Ehe er über seine Beisetzung geredet hatte, war Crilley noch da gewesen, tot zwar, aber immer noch nah. Jetzt war er fort, gelöscht aus seinem Sinn. Fortgegangen mit Jane auf einem anderen Stück Lebensweg, an dessen Ende Schatten lauerten.

»Gut, das genügt mir, dann also«, sagte er und machte sich wieder an die Arbeit.

Es regnete jetzt stärker. Das Licht begann zu schwinden, eine Art schwarzes Tuch breitete sich allmählich über den Himmel. Es fing an zu schütten. Er fand weitere Stücke Plane, eine Eisenstange, zwei Holzbalken, einen Treibanker, eine Rolle Tauwerk, eine Wurfleine. Eben erst hatte er die Dinge zusammengesammelt und begutachtet, schon waren sie dabei, den Mann in die Plane zu wickeln.

»Hat zufällig einer der Herren eine Zigarette?«

»Crilley wäre auch in dieses Boot gekommen«, überlegte er. »Das ganze Theater drehte sich um die Bootsnummern«, sagte er laut, so dass Stone sich umdrehte.

»Du hast nicht so was wie 'ne Zigarette«, sagte Curtain. Stone schüttelte den Kopf. »Verdammt, ich wünschte, ich hätte eine«, während er dachte, »wie zum Teufel kann der Kerl glauben, dass ich Zigaretten habe.« Er fand die Frage dämlich.

»Ich frage mich, wie lange wir in dieser verflixten Lage ausharren müssen?«, sagte Stone.

»Vielleicht einen Tag, vielleicht einen Monat, kann man nicht wissen«, sagte der Seemann und drehte ihm den Rücken zu.

Er wusste, wie schwer es für einen Mann war, nicht die Nerven zu verlieren. Und sie waren erst seit ein paar Stunden in dem Boot. Männer verloren nun mal die Nerven. Er war nicht zum ersten Mal in einem offenen Boot.

»Ich muss sie verdammt nochmal alle im Auge behalten«, dachte er. Jede Bewegung beobachten. Jeden Blick. Jedes Wort mithören. Sie durften die Nerven nicht verlieren. Wieder wünschte er, dass Jennins oder Grimes bei ihm wäre. Er kannte diese Menschen nicht, Lichtjahre entfernt. Wenn sie irgendwann aufgefischt würden, ginge jeder seiner Wege. Er würde sie niemals wiedersehen. Er musste ihnen vertrauen. Sie mussten ihm vertrauen. Alles wäre gut, solange sie zusammenhielten, den anderen nicht auf die Nerven fielen, nicht murrten, nicht immer die gleichen Fragen stellten. Man wird aufgefischt, oder man wird nicht aufgefischt. So war das nun mal. Man musste nehmen, was kam.

»Hör mal, Stone, ich bin fix und fertig. Kann ich mich auf dich verlassen, wenn ich mich eine Stunde hinhaue? In der Nacht muss ich verdammt nochmal auf den Beinen sein. Wenn ich mich auf dich verlassen kann, dann ist alles gut.«

»Klar doch«, sagte Stone, »ich weck dich, wenn wir irgendwas sichten.«

»Das ist gut, das ist prima.«

Er machte sich lang und bedeckte sein Gesicht

mit den Händen. Zwischen seinen Fingern hindurch betrachtete er den Himmel. Nach ein paar Minuten sah Stone, wie die Hände vom Gesicht herabglitten. Curtain schlief. Er sah hinab auf den Seemann.

»Der hat's gehabt, gerudert wie ein Irrer. Ich geh nach vorne und rede ein bisschen mit denen«, in der Hoffnung, dass er etwas sichten würde, dass er der Glückliche wäre, der »Ein Schiff! Ein Schiff!« schreien würde.

Er traf auf Gaunt, der dasaß und träge hinaus über das Meer schaute, die Finger verdrehte, mit einem Stück Schnur spielte. Er hörte Stone kommen, drehte sich ruckartig um.

»Er schläft immer noch. Schläft schon seit einer Woche«, sagte Gaunt und zeigte auf den Priester.

Stone überging die Bemerkung, fragte, wie er sich fühle. War sein Kopf besser?

»Mir geht's jetzt gut«, sagte Gaunt. »Der Dussel dahinten meint, ich bin krank.«

»Welcher Dussel?«

»Der gute Curtain. Spielt sich hier auf und gibt 'n Haufen Befehle.«

»Schon gut«, sagte Stone, »nicht gleich das ganze Boot zusammenschreien.« Er durchschaute Gaunt nicht. In diesem Moment drehte sich der alte Priester langsam herum. Er sah Stone. Sofort stand Gaunt auf und entfernte sich.

»Was ist los mit ihm?«, fragte Stone den Priester.

Der alte Kopf wackelte, die Hände auf den Knien zitterten, er öffnete den Mund, als warte er darauf, eine Fliege zu fangen. Stone fand, er sah komisch aus.

»Sie waren auch seekrank«, sagte er, faltete die Hände, rückte näher an den alten Mann heran.

»Ja. Wir waren alle seekrank« – Pause – »wird uns guttun, sagt der Seemann.«

»Er ist ein guter Kerl.«

»Ja. Ich frag mich, wann wir aufgefischt werden. Ich hab versucht, mich an die Dinge von letzter Nacht zu erinnern. Ist wie ein Albtraum für mich. Tut mir leid für den guten Gaunt. Seine Frau war auf dem Schiff, glaube ich. Ich erinnere mich, ihn mehr als einmal in Begleitung einer Frau gesehen zu haben. Aber ich bin nicht gut im Beobachten von Menschen.«

Ein allmähliches Lächeln. »Ich sollte aufmerksamer sein, als ich es bin. Ich werde alt. Der arme Gaunt hat einen Schlag an den Kopf bekommen, von einem der Tampen, hat man mir erzählt.«

»Er ist nicht sehr höflich zu anderen«, sagte Stone.

»Nein! Aber etwas macht ihm zu schaffen. Er hat

mir ein bisschen von sich erzählt. Er ist Geschäftsmann, im großen Stil, ein schottischer Konzern. Er wollte mit seiner Frau nach Kanada. Sie haben dort einen Sohn. Er hatte wohl Probleme mit seiner Frau. Sehr traurig für ihn, er weiß nicht, was aus ihr geworden ist. Ich habe ihm mein Mitgefühl ausgedrückt, aber dann hatte ich den Eindruck, dass ihm das alles irgendwie gleichgültig war. Ich schätze, das ist die Folge von dem Schlag an den Kopf, und das ganze Drama um seine Frau bedrückt ihn. Ich hab versucht, mich heute am frühen Morgen in meine Gebete zu vertiefen, aber das ist mir äußerst schwergefallen. Er hat mir den größten Unsinn erzählt.«

»Und davon ist Ihnen schlecht geworden, Pater Michaels«, sagte Stone und lachte, aber der Priester verstand nicht warum.

»Wie außerordentlich sonderbar, dass wir uns hier alle zusammen befinden, in einem kleinen Boot, wahrscheinlich hunderte von Meilen von Land entfernt, und zu sehen gibt es nichts als den Ozean.«

Stone fand, der alte Mann sah müde aus, erschöpft. Er fragte sich, wie lange wohl Pater Michaels die Fassade würde aufrechterhalten können. Es ging ihm alles andere als gut.

»Wussten Sie, dass der gute Gaunt die letzten zehn Jahre oder so in der Welt herumgeirrt ist, zusammen mit seiner Frau, das Zuhause aufgelöst, der Sohn fort in Kanada. Er tut mir leid.«

Stone schwieg. Er betrachtete das blasse Gesicht, die geschürzten, bebenden Lippen. Er besah den Kragen im Nacken des alten Mannes, den schwarzen Leinenanzug, den Mantel, der uralt schien und schon Patina angesetzt hatte. Er dachte praktisch und sagte sich, dass der Kragen sofort gelockert werden musste, er schien viel zu eng, der alte Mann könnte ersticken. Aber er war eigenartig befangen und sagte nichts. Pater Michaels hatte ihm abrupt den Rücken zugekehrt.

»Sie sind sehr müde«, sagte Stone. »Curtain bereitet dahinten ein Lager für Sie vor. Ein guter und ausgiebiger Schlaf wird Ihnen guttun. Kann ich Ihnen etwas bringen? Möchten Sie einen Schluck Wasser?«

Ein Kopfschütteln. Er wollte nichts als in Frieden gelassen werden, und sein Kopf wippte umher, als wäre er vollkommen losgelöst von seinem Körper.

Stone hörte laute Geräusche und schloss daraus, dass Curtain aufgewacht war. Gaunt hatte ihn geweckt. Gaunt bat Curtain um einen Schluck Wasser.

»In einer halben Stunde, Gaunt, vorher nicht«,

hörte Stone Curtain sagen. »Ich dachte, ich hätte es allen klar und deutlich erklärt. Das Wasser hier ist nicht dazu da, dass Leute es trinken, wenn sie gerade Durst haben.«

Stone stand auf, ging nach hinten und gesellte sich zu ihnen. »Das ist wirklich nicht lange hin«, sagte Curtain. »Sie werden nicht sterben. Ich weiß, dass Sie eine miese Zeit hatten, geht uns allen nicht anders. In diesem Boot sind wir alle gleich. Sie können sich ruhig wieder setzen. Wenn es Ihnen ein wenig besser geht, können Sie sich nützlich machen – an den Riemen«, damit beendete Curtain das Gespräch.

»Ich hab dahinten eine Schutzplane aufgespannt«, sagte er und gab Stone ein Zeichen, näher zu kommen. »Ich möchte, dass du mir hilfst, den alten Mann hinzutragen. Er meint, er kann ewig da sitzen bleiben, aber das geht nicht.«

Er schob Gaunt aus dem Weg. Sie gingen nach vorne und holten den Priester. Er tat keinen Laut, schien gar nicht zu begreifen, dass er fortgetragen wurde. Unter der Schutzplane machten sie es ihm bequem.

»Wir müssen den guten Gaunt im Auge behalten«, sagte Stone. »Er scheint mir ein schwacher Mensch zu sein.«

Der Seemann lachte und sagte laut: »Ich behalte euch alle im Auge.« Gaunt saß da, den Kopf in die Hände gestützt. Keiner sprach mit ihm. Langsam kam die Erinnerung.

Er stand am Heck, unter ihm drehte sich die Logge, betrachtete den weiß aufschäumenden Schweif des Kielwassers der *Aurora*, sein Körper schwang hin und her mit den Bewegungen des Schiffes, in den Ohren das pochende Brummen der Maschinen. Er sah hinaus in die Dunkelheit, aber da war kein Wasser. Nur Ortschaften und Städte zogen vorbei. Er dachte an zehn vergeudete Jahre. Er dachte an Kay, die in ihrer Kammer lag und las, und er fragte sich, ob sie das Kabel an Denis abgeschickt hatte. Mit der Detonation wurde er aufs Deck geschleudert, seine Gedanken drehten sich nur um Kay, er rappelte sich auf, lief durch die Dunkelheit, zurück zu Kay. Daran erinnerte er sich. Es war wie in Zeitlupe, manchmal blieb der Film stehen, dann wieder schoss er im Zeitraffer voran, mit wahnwitziger Geschwindigkeit, alles nur Schatten, verschwommen. In seinem Kopf nur sie. Das Deck bebte. Nach einer Weile war alles still. Er torkelte trunken umher, die *Aurora* hatte annähernd vierzig Grad Schlagseite. Er lief in Richtung Kabinen, stolperte durch die Dunkelheit. »Kay.« Es wehte, Stimmen waren zu hören, Quietschgeräusche. Licht schien auf, verlosch wieder. Er stieß gegen eine Windhutze, fluchte lauthals. »Kay, wo bist du, Kay?« Er schlingerte den Gang entlang, kletterte benommen einen Aufgang hinauf. Er bildete mit den Händen einen Trichter vor dem Mund. »Kay.«

Jemand stieß mit ihm zusammen. »Meine Güte!« Er stolperte über die Schwelle in die Kammer, tastete sich durch die stockdunkle Finsternis, zerrte an Bettzeug. »Kay! Mein Gott, wo bist du, Kay?«, schleppte den Inhalt zweier Kojen nach draußen. Er rannte an Deck, blindlings, Schatten flogen an ihm vorbei. Er spürte, wie etwas Hartes ihn am Kopf traf, ein Tampen huschte vor seinem Gesicht vorbei.

»Wo bist du, Kay? Wo bin ich?« Die Hände am Kopf, stand er regungslos an Deck. Alles ging drunter und drüber.

Füße, Taljen, Planken, Tauwerk, Seile, Planen, alles wirbelte um ihn herum.

»Wo bin ich?«

Eine Hand packte ihn beim Arm. »Welches Boot?«

»Ich weiß nicht –«, er hatte versucht, sich loszureißen, aber schon setzte sich sein Körper in Bewegung, wurde mitgezerrt.

»Lassen Sie mich los! Wo bist du, Kay?«

»Das Schiff sinkt«, sagte die ruhige Stimme, auch die andere Hand hielt ihn fest.

»Sie tun mir weh, lassen Sie mich los – Ka-ay«, rufend, halb schluchzend, »Kay!«

Körper schoben sich vorbei, das Schiff wurde wieder emporgeworfen, ein Licht flackerte auf, und da sah er sie. Er riss sich los, stieß den anderen aufs Deck, rief nach ihr, schrie: »Kay, ich bin hier, Kay! Mein Gott, Kay.« Sie war in einem Boot, sie stand aufrecht und hielt sich an einem Fall fest.

»Zur Hölle mit Ihnen, lassen Sie mich los!« rief er, als eine andere Hand nach ihm griff.

War es Kay? War es nicht Kay? War sie in dem Boot?

Er meinte, sie hätte sich umgedreht, hätte ihn gehört, hätte gerufen: »John.«

Hatte sie »John« gerufen? Er meinte, er hätte sie gepackt. Er schrie: »Kay! Kay!«, in dem Moment erlosch das Licht eines Scheinwerfers, in dem Moment wurde das Boot herabgelassen. Er warf sich aufs Deck. »Kay, Kay!«

»Sie ist da! In dem Boot – meine Frau.«

Auf allen vieren kroch er durch einen Wald von Beinen. Wasser strömte über Deck, jemand zog ihn hoch.

»Greifen Sie den Tampen!«

Er griff zu, und der Tampen war Kay, die sich an ihn schmiegte. »Kay! Kay!«

Die Worte flogen hinaus in die Dunkelheit. Jemand laschte ihn an ein Seil.

»Festhalten!«

»Mein Gott! Kay!«

Er wirbelte hinaus ins Nichts.

Er landete auf einem Haufen, berührte andere Körper. Als er aufwachte, lag er im Boot auf dem Boden. Zwei Männer ruderten. Er setzte sich auf, sah um sich. Sie waren auf dem Ozean. So weit das Auge reichte, nichts als Ozean. Kein anderes Boot war zu sehen. Bleich und zitternd starrte er die Männer an, verwirrt. Die anderen schauten ihn an. Ein alter Priester war ganz in seiner Nähe, saß da und umklammerte seine Knie mit den Händen, ein alter seekranker Mann. Jemand sagte: »Der Mann ist krank.«

Gaunt saß ganz ruhig da und ließ den Film vorbeiflackern. Er hob nicht den Kopf, und die anderen sprachen nicht mit ihm. Wieder begann der dumpfe Wind in seinem Kopf zu wehen.

III

»Sie müssen nicht rudern, wenn Sie nicht wollen«, sagte Curtain. »Sind Sie in Ordnung?«

»Ich bin in Ordnung«, sagte Gaunt, »und Sie lassen mich jetzt rudern.«

Benton war vorne und hielt Ausschau. Pater Michaels war noch nicht wieder unter seiner Schutzplane hervorgekommen. Stone, Curtain und Gaunt saßen mittschiffs. Stone starrte Curtain an, und der Seemann starrte mit hölzernem Blick zurück. Gaunt griff sich die Riemen und begann zu rudern. Nach einer Weile ruderte auch Stone. Ihm fiel auf, dass Gaunts Kopfverband verschwunden war. Ihm fiel auf, dass Curtains Gesicht unter den dichter wachsenden Bartstoppeln dunkler erschien, er hatte die Augen halb geschlossen. Eine Weile ruderten sie, ohne dass ein Wort gesprochen wurde. Ein- oder zweimal drehte Benton sich um und sah sie an, aber er hatte nichts zu sagen. Gaunt hatte den größten Teil der Nacht geschlafen.

Bei Einbruch der Dunkelheit hatte Curtain Benton nach vorne geschickt. Und da Gaunt schlief und der Priester sie nicht sehen konnte, hatten sich

Curtain und Stone an die Arbeit gemacht. Und im letzten Moment hatte Stone gekniffen. Wenn Curtain ihn jetzt ansah, erkannte er in ihm den Stone, dem er so nahe gekommen war, zu dem er gesagt hatte: »Bist du bange, Stone?«

Stone dachte über alles nach. Über das unerhörte Einsamkeitsgefühl, das ihn ergriffen hatte, als sie Crilley zusammenschnürten, nachdem Curtain behutsam die Eisenstange unter die Plane geschoben hatte, wie sie die Last zum Heck des Bootes trugen und dort ablegten. Das war der Moment gewesen, in dem er einen Rückzieher gemacht hatte.

»Wir sollten den Priester wecken«, sagte Stone, »das ist nicht richtig.«

»Ich weiß, wie du in diesem Punkt empfindest«, sagte Curtain, »aber du erwartest von mir, dass ich einen sehr kranken Mann auffordere, den Schutz seines Lagers zu verlassen und sich hier bei Wind und Regen hinzustellen und Gebete für diesen Mann zu sprechen.«

»Mir kommt das schrecklich vor«, sagte Stone. »Ich finde, wir sollten ihn holen. Dann sieht alles ganz anders aus. Weißt du – ich meine –«

»Ich kann ein Gebet für ihn sprechen«, sagte Curtain, »er war mein Kumpel. Ich weiß ein Gedicht, das ich sprechen könnte.«

Stone sah hinab auf das Bündel. Den Nieselregen, den bemerkte er nicht. Er zitterte heftig, was Curtain nicht entging.

»Du zitterst, Stone. Wie kannst du da erwarten, dass ich den armen alten Mann raushole, krank wie er ist. Pass auf, du musst weiter gar nichts machen. Versprochen. Du bleibst einfach ruhig da stehen, das ist alles.«

»Aber bestimmt –«, sagte Stone, ein wenig ängstlich, mit einem Anflug von Verzweiflung in der Stimme.

»Hör mir mal gut zu«, sagte Curtain, »ich weiß nicht, ob es dir aufgefallen ist, aber ich sag's dir lieber klar und deutlich, dass wir uns in einer sehr ernsten Lage befinden. Wir haben einen Mann dabei, der ein bisschen wunderlich im Kopf zu sein scheint. Wir haben einen großen Jungen, wir haben einen alten, kranken Mann. Wir wissen nicht, wie lange wir auf diesem Boot sein werden, in dieser Situation, und ich persönlich lege keinen großen Wert auf eine weitere Bestattung, und genau das ist es, worauf dein Vorschlag hinausläuft, Stone. Ich kann deine Gefühle nachvollziehen, ich bin kein herzloser Mensch, aber ich trage hier ein gewisses Maß an Verantwortung, und wenn irgendjemandem von euch irgendwas passiert, dann bin ich es, der das alles erklären muss, wenn der Moment gekommen ist. Ich glaube nicht, dass du das alles verstehst, wie du behauptest. Stell dir vor, Gaunt wacht auf und hört uns, stell dir vor, Benton kommt nach achtern gerannt und sieht, was hier vorgeht. Ich möchte nicht in einem Boot voller Leute sitzen, die die Nerven verlieren. Das ist zu gefährlich.«

»Ist mir egal«, sagte Stone. »Der Priester ist da, der gehört geweckt.«

Er war wild entschlossen in seiner Sturheit. Er hörte nicht auf Curtain.

»Das ist nicht deine Sache«, sagte Curtain und spürte Zorn in sich aufsteigen.

Er wollte heulen, er wusste nicht warum. »Geh zum Teufel«, sagte er. Crilley war in seinen Gedanken, beanspruchte sie ganz und gar, es gab dort keinen Platz für Stone. »Verschwinde«, sagte Curtain.

Stone rührte sich nicht. Er begriff nicht, dass Curtain wütend war, fand ihn bloß erschreckend gefasst.

»Ich will nicht die Nerven verlieren«, sagte Curtain mit gesenkter Stimme. »Ich bin nicht anders als ihr alle. Warum streiten über die Bestattung eines toten Seemanns? Was kann er dir schon bedeuten?«

»Es tut mir leid«, sagte Stone.

Curtain erwiderte nichts. Er hatte sich herabgebeugt, packte Crilley mit beiden Händen um den Unterleib. Seine Lippen bewegten sich, aber er gab keinen Ton von sich.

»Schau nicht zurück, Stone«, sagte er.

Dann ein Klatschen, und Stone erschauerte, aber Curtain war ganz ruhig, sah in das dunkle vorbeiströmende Wasser, lauschte.

»Es ist alles vorbei«, sagte er. »Du kannst jetzt schlafen gehen.«

Er ließ Stone stehen und ging und griff sich die Riemen, ruderte allein. Stone rührte sich nicht und hielt den Blick auf das rasch unter ihnen hindurchgleitende Wasser gerichtet, bis ihm ein wenig schwindelte und er sich setzte.

»Wie gefasst er ist«, dachte er, »wie gefasst.«

Ihre Lage war ernst. Herr im Himmel! Angenommen, sie würden überhaupt nicht aufgefischt? Was würde dann geschehen?

Er ging zu Curtain und packte dessen Hände so fest, dass der aufhörte zu rudern.

»Ich hatte Angst«, sagte er, »ich hatte –«

»Schon gut«, sagte Curtain. »Vergiss es. Es geht uns allen so, wir haben alle Angst, manche zeigen es nur eher als andere. Er war mein bester Kumpel, seit Jahren mit mir auf der *Aurora*, auch auf anderen Schiffen. Wir sind überall zusammen hingegangen. Bloß war er ein ziemlicher Draufgänger. Nun ist er fort, warum also groß darüber reden?«

»Vielleicht kriegen wir heute was in Sicht«, sagte Stone.

»Ich gehe kein Risiko ein«, sagte Curtain. »Und ich möchte nicht mehr darüber sprechen.«

Nichts war in Stones Augen bedrückender als das Boot im frühen Morgenlicht, wenn allmählich Gaunt und Benton Gestalt annahmen und Curtains erschöpftes Gesicht erkennbar wurde, die Furchen der Qual in den Gesichtern deutlicher hervortraten und ein Gefühl von Kälte und Feuchte ihn durchzog, während sein Blick vom einen Ende des Bootes zum anderen wanderte. Er sagte sich, dass er noch nie im Leben ein vergleichbares Gefühl von völliger Einsamkeit empfunden habe. Und immer beobachtete ihn auch der Seemann. Beobachtete ihn dabei, wie er die anderen beobachtete.

Curtains Blick war der eines Mannes, der mit dem Unwahrscheinlichen rechnet, mit dem Gegenteil vom Normalen im Verhalten der Menschen.

»Warum schaust du mich die ganze Zeit so an?«, fragte Stone.

Der Seemann lachte. »Warum zum Teufel sollte ich dich nicht anschauen?«

»Der alte Mann ist wieder seekrank«, sagte er, »geh und kümmer dich um ihn.« Er sah, wie Stone sich auf den Weg machte.

»Ich darf keinem dieser Leute trauen«, sagte er zu sich selbst, »keinem einzigen«, und er dachte an den Streit mit Stone letzte Nacht.

»Meine Güte! Fürchtet sich vor einem armen toten Mann. Klar doch, und vor einem armen toten Priester würde er sich auch fürchten, wenn ich auf ihn gehört hätte, ihm überhaupt Beachtung geschenkt. Die Nerven liegen blank bei allen, darauf heißt es achtgeben.«

Er hörte Stone mit Pater Michaels sprechen, dessen Kopf jetzt unter der Plane hervorlugte und der in seine Richtung schaute.

»Morgen, Pater«, rief er.

»Gaunt, Sie und Stone bringen den alten Mann nach vorne, und machen Sie's ihm dort bequem. Das ist sein Lieblingsplatz, das weiß ich. Er braucht frische Luft.« Dann ruderte er weiter, und nach einer Weile kamen die drei Männer an ihm vorbei und er lächelte den Priester an, doch als Stone ihm im Vorbeigehen zuflüsterte, dass irgendetwas passiert sei mit dem Wasser, ließ Curtain die Riemen los. »Verdammt und verflucht.« Er ging sofort nach achtern, um nachzusehen, was los war. Die

Vorstellung, dass irgendwas mit dem Wasser geschehen sein konnte, war ihm ein Grauen. Hatte sich jemand heimlich bedient? Nach all den Versprechen, die man sich gegeben hatte. Und dann sah er, wie falsch er lag.

»Gottverflucht«, sagte er beim Anblick der Plane, die er zum Auffangen des Regenwassers gespannt hatte. Kein Wasser, und dabei hatte es fast die ganze Nacht geregnet. Er untersuchte das Fass. Alles in Ordnung. Sehr erleichtert ging er nach vorne. Er schickte Benton weg, er solle sich hinlegen. »Wie geht's dir heute Morgen, mein Junge?«, worauf Benton antwortete: »Miserabel«, und sich entfernte.

Gaunt und Stone gingen wieder an die Riemen. Curtain setzte sich zum Priester.

»Fühlen Sie sich besser heute Morgen?«, fragte er. »Bald Frühstückszeit.«

Pater Michaels ließ den Blick über die graue, kabbelige See hinauf zu den wirbelnden Wolken wandern.

»Es geht mir viel besser«, sagte er. »Hoffentlich muss ich mich nicht wieder übergeben. Das ist ein schreckliches Gefühl. Bringen Sie mir bitte keinen Zwieback. Ich krieg den nicht runter.«

»Ich hab heute Morgen was Besseres als Zwieback. Milch.«

»Halten Sie mich für einen Angsthasen, wenn ich Ihnen sage, dass ich mir große Sorgen mache, ich meine wegen der Frage, ob wir gesichtet, ob wir aufgefischt werden?«

»Mir geht es im Grunde ähnlich. Kein Grund, sich zu schämen«, sagte Curtain.

»Es ist nicht so, dass ich mir furchtbar große Sorgen deswegen mache«, sagte der Priester.

»Wird schon werden«, sagte Curtain. Er rückte näher heran.

»Sie sollten Ihre Sachen ausziehen, sobald die Sonne rauskommt. Das ist nicht mehr lange hin. Wir nähern uns den Schifffahrtswegen. Werden vielleicht bald entdeckt.«

Sein Blick hellte sich auf. »Aber ganz sicher sind Sie sich nicht, oder?«

»Nein«, antwortete der Seemann.

Er war gespannt, ob der Priester nach Crilley fragen würde, ob er bemerkt hatte, dass das Bündel verschwunden war. Aber der alte Mann ließ nichts in diese Richtung erkennen. Er wandte Curtain den Rücken zu, sein Kopf begann zu wippen.

»Sind Sie dabei, die Wellen zu zählen?«, murmelte Curtain und grinste.

»Ihr Männer seid so was wahrscheinlich gewöhnt. Ich hab viel nachgedacht, während ich hier saß.«

Aber Curtain gab keine Antwort, denn er war fort, wieder zurückgegangen zu Gaunt und Stone. Er sah Gaunt beim Rudern zu und dachte, wie merkwürdig es war, dass der Mann so wenig zu sagen hatte. Das war sogar Benton und Stone aufgefallen. In der Kette, die sie enger zusammenbringen könnte, fehlte ein Glied. Immer wieder war er kurz davor, Gaunt gegenüber eine entsprechende Bemerkung fallen zu lassen, aber wenn er an nichts anderes mehr denken konnte, machte er doch wieder einen Rückzieher. Er sagte sich, dass der Mann etwas im Schilde führte und dass es sinnlos war, die Kette zu schließen. Gaunt war mal krank, dann ruderte er, er log, aber Curtain fand, dass er ein plumper Lügner war. Dann, ehe er sich's versah, hatte er es ausgesprochen.

»Ich sag Ihnen was, Gaunt«, sagte er. »Benton und Stone hier, sogar Pater Michaels ist aufgefallen, wie schweigsam Sie sind. Sie haben einen bösen Schlag abbekommen, irgendwas geht Ihnen im Kopf herum. Dies ist ein kleines Boot, wir sind nur zu fünft, und wenn ein Mann die ganze Zeit schweigt, muss das den anderen aufstoßen.«

»In meinem Kopf ist die Hölle los«, sagte Gaunt, »ich mache mir Sorgen um etwas, um –«

Er sah zu Curtain, zu Stone, dann sah er durch sie hindurch.

Und der Ozean schrumpfte zusammen, der Himmel war nichts als ein Bleistiftstrich im Raum, das leise Quietschen der Dollen verstummte, Pater Michaels existierte nicht, Benton war unsichtbar, einzig Gaunts Gesicht war da. Und sie hatten Mitleid mit dem Mann. Etwas wuchs in ihnen zusammen und schwebte hinüber zu Gaunt. Sie sahen sein Gesicht. In diesem Moment war es das Einzige, was sie sahen.

»Ich hab von der Sache gehört«, sagte Curtain, »ich meine Ihre Frau. Es tut mir leid, aber ich gehe davon aus, dass sie in einem der anderen Boote in Sicherheit ist.«

Und Stone sagte: »Sie müssen eine schreckliche Zeit durchgemacht haben.«

In ihm erwachte die Neugier, und er wollte hinzufügen: »Wie ist das alles passiert?«, aber der Ausdruck auf Gaunts Gesicht signalisierte ein Nein.

»Wie lange wird das mit uns hier noch so weitergehen?«, fragte Gaunt.

Curtain sah Stone an. »Unsere Lage ist nicht hoffnungslos«, sagte er ruhig, ließ einen Riemen durchs Wasser schleifen, fing an sich zu kratzen.

»Irgendwas sagt mir, dass wir heute noch gesichtet werden«, sagte Stone, und sofort hakte Curtain ein, sprach weiter, erklärte.

Heutzutage unterschieden sich die Meere und Ozeane im Grunde in nichts von Ortschaften, Städten, Häusern entlang eines Tals. Überall auf den Ozeanen fuhren heutzutage Schiffe, auf zahllosen Schifffahrtsstraßen. Man war nicht verloren, nie ganz und gar verloren. Immer gab es irgendwo Augen, die nach einem Ausschau hielten. Während er das sagte, sah er Gaunt geradewegs an. Dann erzählte er von Schiffen, von den vielen Fahrten, die er mitgemacht hatte, dass er den größten Teil seines Lebens, abgesehen von ein paar Lehrgängen, auf See verbracht hatte.

»Das Großartige ist, dass es etwas gibt, worauf man sich freuen kann«, sagte Curtain.

Wie ein Stromschlag schossen diese Worte Stone in den Kopf, vertrieben dort den Nebel der Einsamkeit.

»Man muss bloß Geduld haben«, sagte der Seemann, »einen kühlen Kopf bewahren, sich unter Kontrolle haben. Nie die Hoffnung aufgeben. Ich habe gelernt, es genau so zu machen, und es hat mir nicht groß geschadet.«

Er erzählte von seiner Frau und seinem Kind, sagte, dass er davon ausgehe, sie bald wiederzusehen. Und während er über sie sprach, kehrte der Ozean zurück, und sie kamen über graues Wasser lächelnd auf ihn zu, und er sah sie.

Erfüllt von einem Schub frischer Energie, brachte Curtain das Boot rasch voran.

Die anderen beiden Männer bemerkten davon nichts, sie würden es nicht verstehen.

Mums Hand auf Curtains Hand, Nells Hand. Er ruderte kraftvoll, empfand weder Schmerzen noch Erschöpfung, er dachte an zu Hause, an die lachende Nell. Stone schaute voraus, seine Hände lagen schwer auf den Riemen. Ihm kam es vor, als ruderten sie in die Ewigkeit.

»Benton meint, heute Nacht ein Licht gesehen zu haben«, sagte Curtain. »Aber ich glaube, er hat bloß geträumt. Ich hab kein verdammtes Licht gesehen. Du, Stone?«

»Nein«, sagte Stone, und es klang, als wäre er weit weg, unaufmerksam, er sah zu, wie die Wellen sich brachen, wie Gischt aufstob, wie weit entfernt Horden weißer Pferde galoppierten. Er beobachtete die Muster, die die Wellen bildeten, die scharfe Kontur des Bugs vor diesem Hintergrund. Er fragte sich, wie es wohl wäre, in die normale Welt zurückzukehren. Häuser, Steine, Stimmen, Menschen, die durch Straßen gingen. Manchmal bildete er sich ein, ein Schiff zu sehen, wollte rufen: »Schiff! Ein Schiff!«, aber in den dunklen Gewölben seines Geistes lag das Schiff sicher vor Anker in fiebrigen Wassern. Bisweilen überkam ihn eine tiefe Erschöpfung, er fühlte sich schlapp, hilflos. Es war die überwältigende Dimension des Ozeans, der kein Ende zu haben schien, keinen Anfang.

Mit den automatischen Bewegungen einer Puppe fiel sein Körper nach vorne und zurück, und manchmal schien das gesamte Gewicht des Meeres auf dem Ende seines Riemens zu lasten. Er ruderte nie länger als eine Stunde. Curtain wusste das, schickte ihn klugerweise fort, damit er sich hinlegte.

Gaunt hatte wenig zu sagen, er war mit den Gedanken weit weg, er machte ein paar Bemerkungen zum Wetter, was sie überraschte, und irgendwann erwähnte er, dass er einmal beinahe in einem See ertrunken wäre. Aber zu dem, was sich in der Nacht der Katastrophe auf der *Aurora* zugetragen hatte, wollte er nichts sagen. Sie ließen ihn weitgehend in Ruhe, stellten ihm keine Fragen. Die *Aurora* war untergegangen, bedeutete nichts mehr, das Schiff, das sie sichten würde, war alles.

»Hören Sie lieber auf, Gaunt«, sagte Curtain endlich, nach einer langen Pause des Schweigens. »Sie meinen, Sie sind in Ordnung, aber das sind Sie nicht. Gehen Sie und legen Sie sich hin.«

Er stand auf und ging nach vorne. Sie sahen, wie er sich zum Priester setzte.

»Sonderbarer Vogel«, sagte Stone.

»Die Nerven, ein bisschen Angst, vielleicht ein bisschen egoistisch«, antwortete Curtain.

»Meinst du, der alte Mann hält durch? Er ist verdammt schwach.«

»Ich bin kein Weissager. Warum fragst du mich, ich kann's dir nicht sagen.«

Stille breitete sich aus im Boot. Curtain hörte das rhythmische Plätschern des Wassers am Rumpf. Das Geräusch von den Riemen versetzte seine Gedanken in ein sanftes Schwirren.

Als Stone ein paar Minuten darauf zu ihm hinsah, entfuhr ihm ein »Guter Gott!«. Curtain war eingeschlafen, und er ruderte dennoch. Stone zog seine Riemen ein und legte sie beiseite. Ohne den Mann zu wecken, nahm er Curtain dessen Riemen aus den Händen. Dann ruderte er weiter. Ein oder zweimal wippte der Kopf des Seemanns heftig vor und zurück. Stone begannen die Arme zu schmerzen. Vorne unterhielt sich Gaunt noch immer mit dem Priester.

Zeit verging. Für Pater Michaels gab es lange

verschwommene Phasen, in denen sein Körper mit den Bewegungen des Bootes träge hin und her schwankte, wovon er kaum etwas wahrnahm. Körper und Geist waren losgelöst voneinander, und der Geist bewegte sich langsam, schwerfällig, genau wie der Ozean auch. Männer kamen zu ihm, doch weder sah er sie, noch hörte er, wie sie sich bewegten. Sie glichen seinen Gedanken, waren diffus, wie Träume. Sein Geist befand sich stets an der Schwelle zum Schlaf. Curtain hatte gesagt, er sehe aus wie ein Säugling, der aufrecht in seinem Bettchen saß und staunend das Meer betrachtete. Das Rauschen des Ozeans breitete sich aus in seinem Kopf wie Nebel. Geräusche drangen an sein Ohr wie Musik. Das Wasser, das gegen den Rumpf plätscherte, unter dem Bug sanfte Geräusche wie Schluchzer. Wind strich über das Vorschiff, erzeugte in seinen Ohren ein dumpfes Pfeifgeräusch. Wind strich durch sein schütteres graues Haar, doch er spürte ihn nicht, und das Gefühl von Kälte, das Zittern, das ihm manchmal Übelkeit verursachte, war verschwunden. Zwischen den kurzen Phasen von Dämmerschlaf änderte sich die Szenerie, Himmel und Wasser wechselten Form und Farbe. Einmal öffnete er die Augen, und Himmel und Wasser waren nicht mehr da, er befand sich in einer Welt von Luft, die durchdrungen war von den dumpfen Pfeifgeräuschen, die in seinen Ohren klangen. Irgendwo im hintersten Winkel seines Bewusstseins ein See in Schottland, ein Loch, darin Schilfrohr, das im stillen Wasser schwankte. Der Himmel eine Vielfalt von Farben, weiß und grau, schwarz wie Pech, ein feuriges Rot, einmal ein gleißendes Grün. Sein Kopf taumelte umher, schien ein Dasein unabhängig von seinem restlichen Körper zu führen, so dass er sich seiner nassen Kleider nicht bewusst war, auch nicht des Geruchs, den sie verströmten, sich seines Kragens nicht bewusst war, nass und eingelaufen und am Hals gelb verfärbt, der ihn im Würgegriff hielt und ihm in die Haut schnitt. Auch spürte er die Übelkeit nicht, die die Anfälle von Erbrechen herbeiführte. Sein Geist glich einer Wiege, die sanft im Meer schaukelte.

Traum und Wirklichkeit waren nur um Haaresbreite voneinander geschieden, er setzte sich auf, zitternd, nahm dieses Zittern wahr, während er noch Augenblicke zuvor mit dem Gesicht nach unten im Meer getrieben war, auf dessen Oberfläche die Tücken großer stiller Wasser lauerten. Er tauchte seine bebenden Finger in das Tal einer Welle, die ihn gerade zuvor noch himmelhoch emporgetragen hatte. Es gab Augenblicke, da war der Ozean nichts weiter als der ruhig sich windende Fluss, den er in einem kleinen Boot überquerte, das gerudert wurde von einem Jüngling in weißem Chorhemd, und er saß und hielt die Hostie und wartete auf den Moment, da das Boot ans Ufer stieß. Ruhe und Unruhe waren die wechselnden Winde, die die Wiege wiegten, in der er lag. Einmal dachte er an die *Aurora*, ein kurzes Aufbegehren seiner Gedanken war die Folge, dann verschwand das Schiff. Langsam sank sein Kopf auf die Brust, und er schlief ein.

Manchmal waren die Gedanken nicht verschwommen, sondern nahmen klar umrissene Gestalt an, dann beobachtete er die Bewegungen der Wellen, hörte in der Ferne das Geschrei von Vögeln, der einsame Brachvogel schwebte flüchtig über seiner Kirche, vor der die Gemeinde ihn erwartete, die Kinder ganz vorne hielten Blumen in der Hand, die Männer und Frauen dahinter in feinstem Sonntagsstaat, sie alle erwarteten ihn, damit er sie zum Ufer führte, wo die Boote lagen, die den Segen aus seiner erhobenen Hand empfangen sollten. Alle Geräusche waren ihm Musik, und er saß da und lauschte diesen Geräuschen. Bisweilen war alles so still, dass er das Knarzen der Dollen als ein Donnern empfand, das wie Flügelschläge die Ruhe seiner Gedanken traktierte.

Als es dunkel wurde, kam Curtain, um ihm ein bequemes Nachtlager zu bereiten. Er sagte, »Vielen Dank, Mr. Curtain«, was dem Seemann ein Lächeln abnötigte, weil kein anderer ihn auf diese Weise ansprach. Er sah Curtain nicht, und er spürte weder, dass sein Körper fortgetragen wurde, noch die Plane, die man um seine Füße schlug, er hörte lediglich die Stimme, die sagte: »Ist es so gut?«

Derweil es dunkler wurde, schaute er in den Himmel, beobachtete die eigentümlichen Bewegungen und Formationen der Wolken, einige tief hängend und unheilschwanger, andere dünn wie Fäden, die über einen weißen Hintergrund gespannt waren. Manchmal sah er langsam dahinziehende gewaltige Haufenwolken, die große Teile des Meeres verdunkelten. Ein Stern zeigte sich, und er warf den Kopf in den Nacken, sah hinauf und beobachtete ihn. Er fühlte sich erinnert an eine einzelne brennende Kerze in der dunklen Wüste. Mit dem Aufleuchten eines zweiten Sterns, eines dritten machte sich sein Geist noch einmal auf, er verließ den reglosen Körper im Boot und ging auf Wanderschaft, begleitet von halb vergessenen, träge wabernden Gedanken, dann wieder zeigten sich klare Bilder, wie Projektionen, Gegenstände nahmen Gestalt an.

Es gab weder Sterne noch Himmel, nur einen Jungen, der Kerzen auf dem Altar anzündete in seiner Kirche in Irland, was nicht weit weg lag, gleich jenseits der Bordwand, er musste nichts weiter tun als in seine Kirche gehen, es war alles so nah, der wohlige traute Duft von Weihrauch in seiner Nase. Er würde den Mittelgang hinaufschreiten, dem strahlenden Licht entgegen, er würde niederknien und beten. Die Dinge nahmen mit wachsender Dunkelheit an Größe zu, er konnte die Gegenstände mit seinen Händen berühren. Als die Bilder verschwanden, gewahrte er eine Wildnis von dunklem, schimmerndem Wasser, kalt glänzend im Schein der Sterne. Es erinnerte ihn an ein blasses Licht, das langsam über ein großes Eisfeld glitt. Manchmal war das Geräusch von Stimmen nicht zu unterscheiden von jenem Geräusch, das Wind und Wasser erzeugten. Alles eins, miteinander verschmolzen. Die monotone Bewegung der Riemen, das stetige Quietschen der Dollen verlor sich im Nichts. Als es nur noch Christus gab in seinen Gedanken, sah er ihn auf diesen Wassern wandeln.

IV

»Schlafen Sie?«, fragte Gaunt.

»Nein, nein! Fahren Sie fort, ich höre Ihnen zu«, sagte Pater Michaels.

»Erzählen Sie von Kay«, sagte der Priester.

Es gab Momente, da hörte Gaunt unvermittelt auf zu sprechen, er vergaß, dass der alte Mann da war und ihm zuhörte. Es gab Lücken in der Erzählung, in Gaunts Erinnerung, wie Bahnstationen, dunkel, verlassen, windig.

»O ja«, sagte er, »Kay.«

Pater Michaels sah ihn nun an, mit zitternden Lippen, Wasser trat ihm in die Augen.

»Es tut mir leid für Sie, Mr. Gaunt. Aber ich würde die Hoffnung nicht aufgeben.« Seine Worte zogen fort wie Rauch: »würde die Hoffnung nicht aufgeben.«

»Hoffnung«, sagte Gaunt und sah den alten Mann an, dessen Name ihm immer wieder entfiel, sah ihm dabei zu, wie er in der Tasche seines feuchten grünlichen Mantels nach einem Taschentuch suchte. Er tupfte sich das Gesicht ab, stammelte etwas durch den Stoff hindurch. »Weiter hoffen,

Gaunt«, dann wischte er sich hektisch das eine Auge, ein Tropfen entzog sich hartnäckig dem Taschentuch. »Weiter hoffen«, sagte Gaunt.

Du bist wie ein Schiff. Dein Kurs ist abgesteckt.

Manchmal, in einer Laune, lief es aus dem Ruder, wich vom vorgegebenen Kurs ab. Andere Schiffe zogen immer größer werdende Kreise, ziellos, um sie herum nichts als Wasser, nirgends Land, und Land suchen sie. Du hältst das Steuer, klammerst dich fest, schwindelnd. Er hielt fest, hielt Kay. Du musst auf die Strömung achtgeben, auf die Strudel.

»Sie wusste nicht, was sie wollte«, sagte Gaunt, »wusste nicht, wann es ihr gut ging.«

Seine Stimme klang barsch, alter Groll schwang darin.

»Das ist eine Schwäche, kein Fehler«, sagte Pater Michaels. »Das lange Umherreisen war in diesem Fall der falsche Weg, ein Arzt hätte klügeren Rat geben können. Sie haben sich geirrt, möglicherweise.«

»Es war alles eine Farce. Sie war verlogen. Heute weiß ich das.«

Er sah jetzt Kay vor sich, wie sie den Salon der *Aurora* betrat, auf ihn zukam. Er wusste nicht mit Sicherheit, wie lange er allein am Tisch gesessen hatte. Er konnte sich an ähnliche Abende erinnern. Er dachte, wie öde und langweilig er ihr vorgekommen sein musste. Er sah vom Tisch auf, erblickte ihre puppenhafte Schönheit, sie bewunderte sich im Spiegel. Sie war achtunddreißig. Er war einundfünfzig. Der Tisch zwischen ihnen, eine Wüste, da lagen die Versäumnisse von Jahren, er sah jede einzelne. Er liebte sie noch immer, trotz des vertanen Lebens.

»Wir hatten Streit an jenem Abend«, sagte Gaunt. »Wir waren auf dem Weg, meinen Sohn zu besuchen. Ich dachte, ›na, Denis wird das wieder flicken, er wird das Bindeglied sein.‹ ›Na‹, sagte ich, ›nur noch zwei Tage. Hast du das Kabel geschickt?‹«

»Ich war zuversichtlich, ich dachte, ›Gott sei Dank‹. Es fing alles an mit einer Ferienreise, weil sie einen Tapetenwechsel wollte. Die Ferien dauerten zehn Jahre.«

Er dachte an die zehn Jahre Herumreiserei, jedes Jahr wie eine Flagge, die im Wind flatterte, ein wenig ausgefranst, *Kimberley* aufgegeben, Wurzeln ausgerissen, der alte Freundeskreis versprengt, die Anfälle von Rastlosigkeit, die sie von Ort zu Ort trieben. Er kehrte zurück zu den Anfängen.

Einst waren sie glücklich gewesen. Er erzählte von *Kimberley*, dem Haus, das er gebaut hatte, von seiner Firma in der Stadt; er war erfolgreich. Es hatte Julie gegeben, aber sie war sehr jung gestorben. Das war ein schwerer Schlag für sie beide, doch sie waren darüber hinweggekommen. Er hatte keine größeren Veränderungen an ihr bemerkt. Sie waren sehr verliebt ineinander. Alte Wendepunkte kamen ihm in Erinnerung, Geister.

Der Neunundfünfziger in die Stadt fuhr wieder. Kay winkte ihm vom Tor. Er holte Staveley in Alton ab. Er war sein Partner. Sie unterhielten sich über die Marktlage, Geld, einer erzählte eine schlüpfrige Geschichte vom Dinner am Vorabend, hastig zusammengestückelt. Er dachte an die täglichen Mittagessen bei Todds.

»Wir waren im besten Sinne glücklich. Ich war ein leidenschaftlicher Sammler.«

»Sammler von was?«

»Bildern, Krimskrams, *objets d'art*, Sie wissen schon –«, sagte Gaunt.

Er erinnerte sich jetzt an diese Dinge, wie stolz er auf sie war, die Feiern, wenn ein neues Stück Einzug in die Sammlung in *Kimberley* hielt, Staveley zu Besuch am Wochenende, Kay, die phantastisch aussah, die ihn eifersüchtig machte, bedeutsame und belanglose Gespräche und zum krönenden Abschluss lang und breit die Historie einer neuen

Vase, die er erstanden hatte, es war schon ein Wunder, überhaupt ein solches Stück zu ergattern, und während dieser Historiendarstellung lehnte sich Kay leicht gelangweilt im Sessel zurück, Staveley schnarchte in seinem leise vor sich hin. Und dann fiel ihm plötzlich ein, was gewesen war, nachdem Staveley sich zur Ruhe gesetzt hatte.

»Was hast du heute gemacht, Schatz?«

Das Lächeln war aufgesetzt, die Begeisterung nur gespielt, als sie schilderte, was sie »heute« alles gemacht hatte.

Der Zug rollte noch, doch seine Ladung schien ausschließlich aus seinen Fehlern, seinen kleinen Schwächen zu bestehen.

»Und was hat Ihre Frau gemacht, wenn Sie nicht da waren?«, sagte Pater Michaels.

Gaunt schwieg. Es schien ihn große Anstrengung zu kosten, sich zu erinnern, die bloße Trivialität wog schwer.

»Ach, ich weiß nicht. Kleinigkeiten, meist jeden Tag das Gleiche. Sie ging morgens aus dem Haus, ließ sich das Haar richten, trank Kaffee in einem Café, rief Freunde an, ging zum Arzt, sie hatte täglich neue Ideen bezüglich ihrer Gesundheit, sie aß mit einer Freundin zu Mittag. Sie fuhr nach Hause.

Freunde riefen an, erwiderten ihren Anruf, jemand kam zum Tee. Eine Fahrt mit dem Auto, ein Termin beim Zahnarzt, Pläne, in die Stadt zu fahren und eine Modenschau zu besuchen, sich den neuesten Film anzuschauen. Im Grunde jeden Tag dasselbe.«

»Und haben Sie sich für die Dinge interessiert, die sie tat, die Kleinigkeiten?«

»Wieso, ja, ich denke schon«, stammelte Gaunt.

Er sah ihre winzigen Hände, die ihm zuwinkten. »Sie hatte das alles irgendwie satt.« Was? Ihr Leben? Mit achtunddreißig? Die Sicherheit, ihn?

Der Anker sank schnell, ruckte, löste sich, er konnte sich jeden Moment plötzlich ganz losreißen, das Schiff konnte abtreiben. *Kimberly* war ein solides Haus, und trotzdem spürte er, wie es unter seinen Füßen zu beben begann.

»Ich fasste den Entschluss an jenem Abend«, sagte er, und plötzlich erinnerte er sich an viele Einzelheiten jenes Tages, an einen Scheck in seiner Tasche, die Überraschung für Kay. »Ich hatte Pläne gemacht. Ich hatte beschlossen, dass sie einen Tapetenwechsel brauchte, etwas anderes als die alljährlichen Besuche in Bognor, Torquay. Ich fasste den Entschluss an jenem Abend. Während wir alles besprachen, sah ich, wie unruhig sie war.«

»Und dann sind Sie weggefahren?«, fragte Pater Michaels. »Und was war mit dem Jungen?«

»Der ging zur Schule. Ich hatte Pläne mit ihm. Er sollte in meine Firma kommen. Ein helles Bürschchen. Kay war auch dafür. Aber dann hatte sie plötzlich eine andere Idee. Sie wollte, dass er nach Kanada geht, zu meiner Schwester, die dort lebt. Sie wollte ihn von der Schule nehmen. Ich war nicht einverstanden. Eine solch drastische Änderung im Leben eines Jungen schien mir absurd. Ich sagte, er bliebe am besten, wo er war, wir wären schließlich nur drei Monate weg, höchstens. Ich musste alles bezüglich meiner Firma bedenken, ich traf alle Vorkehrungen mit meinem Partner. Alles war geregelt, außer die Sache mit dem Jungen.«

»Er ging nach Kanada. Und das hat Sie misstrauisch gemacht?«

»Er ging. Sie hat alles arrangiert. Mir kam das verdächtig vor. Ich fragte mich, warum sie ihn plötzlich los sein wollte.«

»›Wir können ihn nicht in der Schule lassen, weil die in den Ferien schließt, und wir können ihn nicht überall mit uns rumschleppen‹, meinte sie.«

»›Aber wir sind doch bloß ein paar Monate weg‹, sagte ich, ›warum willst du Denis plötzlich um jeden Preis loswerden?‹«

»Sie hat nie erklärt warum, und auch ich habe nicht versucht, die Gründe für ihr sonderbares Benehmen herauszubekommen. Sie muss ihn überredet haben. Mir war damals nicht klar, dass sie nicht die leiseste Absicht hatte, jemals nach *Kimberley* zurückzukehren, wenn sie einmal fort war. Ich besprach alles mit meinem Sohn. Ich erklärte ihm, dass es seiner Mutter nicht gut ginge, dass sie einen Tapetenwechsel brauche, dass wir auf eine ziemlich lange Reise gingen. Ich versuchte ihn zu überzeugen, zu meinem Bruder zu ziehen, bis die Schule wieder anfing. Aber sie hatte es ihm bereits in den Kopf gesetzt, er wollte nach Kanada. Sie war eine impulsive Frau, nichts hätte sie dazu gebracht, ihre Meinung zu ändern. Denis fuhr, wir brachten ihn gemeinsam zum Flughafen, er machte einen recht glücklichen Eindruck. Aber ich war in Sorge um Kay.«

»›Diese Ferien werden dir guttun‹, sagte ich.«

»Sie sagte, dessen sei sie sicher, sie wolle weg, irgendwohin, sofort. Ich war einverstanden. Ich hatte Angst um sie. Wir reisten am folgenden Tag. Sie entließ das Personal, verschloss das Haus.«

»Und Sie kehrten nie dorthin zurück?«

Gaunt schüttelte den Kopf. Er konnte *Kimberley* deutlich vor seinem inneren Auge sehen, eine Hand zog einen schwarzen Schleier über das Haus.

»Nein! Von dem Moment an wurde ihre Rastlosigkeit immer größer. Ein Zweifel schlich sich in meine Gedanken. Ich dachte, dass sie vielleicht in jemand anderen verliebt sei. Ich dachte, sie trüge diesen Plan seit langem mit sich herum, und ich hasste mich dafür, dass ich begann zu zweifeln, dass ich einen Verdacht hinsichtlich ihrer Motive hegte. Es kam alles zu plötzlich. Es war eine Laune, sagte ich mir, eine Stimmung, eine schöne Ferienreise würde alles wieder ins Lot bringen. Ich redete mir gar ein, sie würde nach *Kimberley* zurückkehren und es umso mehr lieben, in Gedanken schmiedete ich massenweise Pläne. Ich stellte mir unseren Alltag mit Denis bei uns zu Hause vor, ihr neu erwachtes Interesse am Leben. Ich erinnere mich an den Morgen unserer Abreise, an den Moment, als wir im Zug nach London saßen. ›O John!‹, sagte sie. ›Endlich!‹«

Er dachte daran, welche Mühen es gekostet hatte, einen schützenden Hafen zu bauen, zu haben, sich mit Sicherheit zu umgeben, und wie ihm dies alles von Kay unter den Füßen weggezogen worden war. Er hatte Anker geworfen, war in der schützenden Bucht heimisch geworden, immer wissend um die tosenden Wasser, die jenseits der Ruhe lauerten. Er hatte sich heftig bemüht, seine

Ohren vor ihnen zu verschließen, sein Denken hatte sich geweigert, sie an sich heranzulassen.

»Sie war frei«, sagte Gaunt.

Der Anker war aufgeholt, das Schiff war frei und begierig, aufzubrechen in Richtung größerer Meere. Für Kay war der stille See nicht das Richtige. Er dachte, man sei sicher auf dem See. Man sei verloren auf dem Ozean. Die Welt war für ihn stets ein Ozean gewesen.

Nicht anders als der, auf den er jetzt hinausschaute und auf dem bereits Dörfer und Städte, Hotels, Autos, Züge und Schiffe schaukelten.

»Vergeudung«, lautete die Losung in seinen Gedanken, »Vergeudung.«

»Das war erst der Anfang«, sagte Gaunt.

Eine Gestalt kam zu ihnen herüber. Hielt inne. Es war Benton, der da stand.

»Sie sollten sich Ihre Ration abholen, Gaunt«, sagte er.

Pater Michaels begriff erst nach einigen Minuten, dass Gaunt aufgestanden und weggegangen war. Als er sich umsah, war der Platz leer. Er fühlte sich wieder müde im Kopf, er erinnerte sich, dass jemand über eine Frau namens Kay gesprochen hatte. Seine alten Augen wanderten über das Boot.

Er sah einen Mann an den Riemen, drei andere saßen im Heck. Er meinte, einen Mann zu erkennen, der sich die Stiefel auszog. Im selben Moment stand einer der Männer auf und kam zu ihm. Es war Curtain. Er hatte die Zigarettendose in der Hand, darin eine Mischung aus Wasser und Kondensmilch, in der anderen Hand hielt er einen Zwieback. Er sah auf, als der Mann sich näherte. Schaute er grimmig? Als der Seemann sich setzte, sah er ihn wieder an. Wenn etwas Grimmiges in dem bärtigen Gesicht gestanden hatte, so war es jetzt verschwunden.

»Hier ist Ihre Ration, Pater Michaels.«

Curtain war froh zu sehen, dass es dem alten Mann etwas besser zu gehen schien, seine Stimmung hatte sich aufgehellt, was vielleicht dem Gespräch mit Gaunt zu verdanken war. Er hatte die beiden eine Weile beobachtet. Pater Michaels war wacher, war mehr er selbst. Zugleich musste er daran denken, dass das Wasser zur Neige ging, dass der alte Mann den Zwieback nicht essen konnte.

»Ich kann Ihnen einen Zwieback einweichen, Pater«, sagte Curtain, »dann können Sie ihn problemlos essen.«

»Mir wird schlecht davon – und außerdem – meine – Zähne«, resigniert.

»Sie müssen etwas essen.« Mit großem Ernst sagte der Seemann das.

»Ich muss etwas essen?«

»Ja, wenn Sie nichts essen …«, erwiderte Curtain.

Er nahm die Dose aus der Hand des Seemanns, trank einen Schluck, sabberte ein wenig, reichte die Dose zurück.

»Alles, bitte«, sagte Curtain. »Es ist lange hin, bis Sie die nächste Ration bekommen. Sechs Stunden ungefähr.«

Der Priester sah zu ihm auf.

»Alles austrinken«, sagte Curtain. Er lächelte nicht mehr, er sah besorgt aus. Der Priester lächelte.

»Der gute Gaunt, er hat angefangen, mir eine Geschichte zu erzählen, aus seinem Leben –«, die Stimme erstarb zu einem Flüstern, »Leben, belangloses Leben«, und dann nahm er Curtain erneut die Dose aus der Hand, unternahm einen heldenhaften Anlauf, und eine leere Dose wurde zurückgereicht. Den angebotenen Zwieback ignorierte er.

»Der arme Mann«, sagte der Priester. »Ich musste gerade an ihn denken. Was ist mit ihm, Mr. Curtain? Seine Mutter, seine Frau – das dürfen Sie nicht vergessen.«

»Er hat Pech gehabt. Jetzt ist er fort. Sprechen wir nicht davon«, sagte Curtain und sah Crilley flüchtig vor sich, das ganze Gewicht des Körpers über das Wasserfass geworfen, schlaff, unfasslich, unerklärbar.

»Wenn der verdammte Suchscheinwerfer nicht gewesen wäre, dann würde er noch unter uns weilen.«

Er konnte Crilley, seinen Kumpel, nicht vergessen. Der Entschluss, die Sache sei erledigt, brach in sich zusammen, der Kern dieses Vorsatzes wühlte ihn auf. Er sah sich eine Straße mit vielen Passanten heruntergehen. Er kam an einem Mann vorbei, den er nicht kannte, an den er sich nicht erinnern würde. Gekommen und gegangen in einem Aufflackern. So war Crilley. Crilley war Seemann. Seemänner kamen und gingen so.

»Der gute Benton fängt an, mir Sorgen zu machen«, sagte Curtain und verfluchte sich im selben Augenblick für seine Bemerkung.

Pater Michaels war zu alt und zu erschöpft, um irgendwelchen Bemerkungen über Benton Aufmerksamkeit zu schenken.

»Benton?«

»Sie wissen schon, der junge Kerl«, mit zutraulicher Geste, lehnte sich an bei dem Priester, sagte sich, dass ihm nicht mehr viel Gelegenheit bliebe, mit dem alten Mann zu sprechen. »Seine Füße machen ihm Probleme. Der eine ist schon angeschwollen.«

»Wenn nur die Sonne herauskommen würde, das warme Wetter, es ginge gleich allen ganz anders.«

Die schmale blasse Hand wanderte zum Knie des Seemanns, zitterte, grapschte ins Nichts. »Ich hab gehört, wie jemand sagte, wir würden uns den Schifffahrtswegen nähern. Hab nicht genau verstanden, was damit gemeint ist. Sagen Sie, Mr. Curtain, ist mir schlimm übel gewesen?«

»Sehr, sehr schlimm übel«, sagte Curtain. »Aber allen hier war sehr schlimm übel. Mich eingeschlossen. Das ist keine große Sache. Jedem wird schlecht auf so einem kleinen Boot.«

»Manchmal wünschte ich, ich könnte rudern. Ich würde gerne rudern.«

Curtain wandte den Blick ab, dachte: »Verdammt, ich sollte ihn wieder nach achtern bringen.« Für ihn stellte sich die Lage nicht besonders erfreulich dar. Mit der Sonne schien einstweilen nicht zu rechnen zu sein.

»Ich finde, Pater Michaels, dass Sie für uns beten könnten«, sagte er und legte seine große Hand auf die des Priesters, tätschelte sie, wieder war Pater Michaels das alte Baby, das aufrecht in seinem Bettchen saß, Staunen in den Kinderaugen.

»Sie sollten hier vorne nicht die ganze Zeit so dasitzen. Sie sollten nach unten kommen, sich zu uns setzen. Wir unterhalten uns immer mal wieder miteinander.«

Er fragte sich, was Gaunt wohl so erzählte; alles konnte einen alten Mann durcheinanderbringen, dem es jetzt allerdings ein wenig besser ging, der ein bisschen von der Milch geschlürft hatte und der bei ihnen sein würde, wenn die schlimmsten Momente anstanden, dessen Augen das sich verändernde Wasser, das plötzlich schwindende Licht beobachteten, der bei ihnen wäre, wenn sie das warme Wetter erreichten und in der Sonne auf dem Rücken lägen, ihre Sachen und ihre Knochen trockneten.

Er vernahm einen Schrei, stand auf und ließ den Priester wieder mit sich allein. Stone war auf den Knien, Benton saß auf seinem Platz und klammerte sich an der Bank fest, während Stone sich damit abmühte, ihm den Stiefel auszuziehen. Benton machte aus einer Mücke einen Elefanten und protestierte heftig. Er wollte den anderen Stiefel anbehalten. Schließlich war nur sein einer Fuß geschwollen.

»Halt den Mund und rede nicht so verdammt viel dummes Zeug«, brummte Curtain und stand da und betrachtete ihn und stellte fest, dass nicht nur der eine Fuß bereits geschwollen war, sondern dass Benton über Nacht, als er so seekrank gewesen war, dass er sich nicht hatte rühren können, mit beiden Füßen in Salzwasser gestanden hatte. Jetzt, dachte er, macht er hier ein großes Theater um nichts.

»Immerhin geht's hier um *seinen* verdammten Fuß«, brummte er zu Stone hinüber und zwinkerte. »Gib ihm seinen verdammten Fuß zurück. Ich dachte, du bist ein guter Seemann, Benton. Und schreist hier wegen deinem läppischen Fuß rum«, und sah einen von Kugeln durchsiebten Fuß, und schlagartig kam ihm Crilley in den Sinn, aber das Bild war sogleich wieder verschwunden.

»Stone, du machst dich besser vom Acker, setz dich mit Gaunt an die Arbeit.«

Nachdem Stone bei Gaunt an den Riemen saß, packte Curtain Benton bei den Schultern, schüttelte ihn wütend, sagte: »Zur Hölle mit dir!«

»Was ist los?«, fragte Benton verwundert, ein wenig ängstlich, er hatte Curtain von einer anderen Seite kennengelernt und sah den Seemann jetzt mit einem ungewohnt kindlichen Blick an.

»Ich sage dir, du bist ein dummer junger Mistkerl. Her mit dem Fuß, los, her damit. Schluss mit dem Trallala. Wir haben auch ohne deinen Fuß schon genug Ärger«, und er packte Bentons Fuß, woraufhin der das Gleichgewicht verlor. Er begann zu zerren. Als er die nassen Schuhbänder aufknoten wollte, brach er sich einen Fingernagel ab, er fluchte still vor sich hin.

»Wenn du meinst, das bringt dich um, dann geh zum Teufel.«

Er dachte daran, wie absurd dickköpfig Männer sein konnten, und dabei fiel ihm Pater Michaels ein, der sich wieder und wieder weigerte, sich den Kragen abmachen zu lassen. »Irgendwann in der Nacht wird ihn das Ding noch erwürgen.« Es war in hohem Maße idiotisch, und außerdem wurde durch Derartiges die Atmosphäre belastet. Den anderen fiel jede noch so kleine Einzelheit auf. Und Stone, wenn er sich übergeben musste. Sie reizten ihn.

»Sie sollten überhaupt nicht liegen, das macht die Sache nur schlimmer. Sie müssen den Kopf die ganze Zeit in den Wind halten, sich nicht da unten in Ihrem Gestank verkriechen.«

Er bedachte all diese Kleinigkeiten, inklusive das Geschmolle von Gaunt. Sein dämliches Schweigen, einen ganzen Tag und eine Nacht lang. Wieder wünschte er sich, dass Jennins oder Grimes bei ihm wären. Er begann, Bentons Fuß zu kneten.

»O verdammt, ein bisschen sachte, Curtain«, schrie Benton und zuckte zusammen.

»Ich versuche bloß, dir zu helfen, verflucht«, brüllte ihm Curtain ins Gesicht.

»Warum lässt du das verdammte Ding nicht einfach in Ruhe.«

»Scheiß auf deinen Fuß«, rief Curtain und stieß Benton von der Bank. Seine Wut war urplötzlich gekommen, blind, nur ein kurzes Aufwallen, der erste Wutausbruch, seit er mit den anderen im Boot war.

»Ich muss mich auf sie verlassen. Sie sich auf mich.« Er setzte sich zu Gaunt und Stone. Er beobachtete sie, hatte ihnen nichts zu sagen. Registrierte lediglich, wie sie ruderten, dass die See schwarzblau war, der Himmel darüber wie ein schwarzer Vorhang.

Ausdauerndes Rudern hatte einen hypnotisierenden Effekt. Das beobachtete er manchmal bei Stone und Gaunt. Ihm selbst war es genauso ergangen. Man wurde in eine Art Trance gelullt. Eine überkommende See konnte einen leicht fortspülen, über Bord werfen, man schwebte davon, seinem Schicksal ergeben, hilflos, ohne körperliche Gegenwehr. Es war eine Form von Kapitulation. Aber nachts war es anders. Da passte man auf, war achtsam, die Nacht öffnete einem die Augen. Stone sah Curtain an, Curtain sah sie beide an. Stone sah, wie sich Benton über den Spiegel beugte, als würde er im Wasser etwas beobachten. Er hatte mitbekommen, wie er geschrien hatte, wie er von der Bank gefallen war. Ein Schweigen, das endgültig und allumfassend zu sein schien, senkte sich über das Boot. Zum ersten Mal hatte der Kopf des alten Priesters aufgehört zu wippen. Curtain sah zu ihm hinüber. Er glich nicht mehr dem alten Seevogel, der nach Hause gekommen war, um auf dem Steven des Bootes zu rasten. Curtain saß still da.

Er bildete Mauern aus seinem Schweigen, hinter denen er sich verschanzte, er ließ seinen Gedanken freien Lauf, vergaß die Männer vor sich, vergaß Bentons Fuß, den Kragen des Priesters. Er wanderte weit fort von ihnen allen. Es gab solche Stunden, da bauten sie Barrieren gegeneinander auf, da schlossen sich Türen in ihren Köpfen, da wurden ihre Gesichter zu Masken, hinter denen sie sich versteckten. Ein Druck wich von ihnen, die Kette, die sie als Männer aneinanderband, zerriss und lag in Stücken, die wiederum ihre eigenen kleinen Welten umspannten.

Curtain dachte an zu Hause, an seine letzte Reise, sein Pech, sein nächstes Schiff, er ging die verschiedensten Straßen seines Lebens entlang, erkannte altvertraute Gesichter, Stimmen, Meilensteine. Er sah Jane, Nell zog an seiner Hand, während er ihr von Crilley erzählte. »Armer alter Jack.«

Ein Wort erfüllte die Luft. »Schiff! Schiff!«, schrie Benton.

Alle Riemen schleiften durchs Wasser, Arme wurden wild geschwenkt, Lippen bewegten sich. »Schiff! Schiff!«

Die drei Männer sprangen auf, Pater Michaels rappelte sich hoch, strauchelte und fiel zurück auf seine Bank.

»Mein Gott«, sagte Gaunt. »Ein Schiff!«

Das Wort krallte sich, flink wie eine Katze, an die ausgetrocknete Hoffnung der Männer. Die drei hielten sich aneinander fest, Arm klammerte sich an Arm, während Benton wild, schreiend, kreischend rief: »Ein Schiff! Ein Schiff!«

Curtain löste sich von den anderen, lief zu ihm. »Wo ist dieses Schiff, Benton?«

»Da!«, rief Benton, »Mensch, winkt mit was, winkt mit irgendwas«, und Gaunt kam angerannt, »Ja, winkt mit was, mein Gott, winkt mit irgendwas«, sein Mantel wehte, im Handumdrehen ausgezogen, hoch über seinem Kopf, seine Pupillen waren geweitet.

»Ich seh nichts, ich seh nichts. Wo ist das verdammte Schiff?«

»Wo?«, fragte Curtain, hoffnungsvoll und hoffnungslos, zweifelnd, die Hände über den Augen, Ausschau haltend.

»Da!«, sagte Benton und schüttelte den Arm des anderen, dann zeigte er mit dem Finger, reckte den Körper, so dass er das Gleichgewicht verlor und über Bord gefallen wäre, hätte nicht der gute Stone die Hand ausgestreckt, ihn gepackt und zurückgezogen.

»Da, meinst du? Der Punkt da an Steuerbord?«, fragte Curtain, böhmische Dörfer für Benton, der schrie: »Verdammt nochmal, bist du blind, siehst du's nicht?«, das Schiff vergessen, dachte nur an seinen geschwollenen Fuß, den Curtain eben noch malträtiert hatte.

Bei allen Hände schützend über den Augen, Stone suchte den Horizont ab, Gaunt winkte wie ein Irrer, der Priester rief mit Fistelstimme: »Helf mir mal einer hoch, hoch – helf mir –«

»Verdammt, ich sehe nichts«, sagte Curtain mit leiser Stimme, »bist du wirklich sicher, Benton, nämlich –«

»Mein Gott!«, rief Stone. »Vielleicht haben wir's verpasst, haben's verpasst, haben das Schiff verpasst – Schiff«, ließ die Arme sinken, hilflos, die Hoffnung geschwunden, der Glaube verflogen, finster sah er zu Curtain, der ihm den Rücken zukehrte.

»Wo zum Teufel war das Ding, als du es gesichtet hast?«

»Sag ich doch. *Da!*«, schneidender Ton, bereit zum Hieb gegen Curtain, der »blind« war, allzu ruhig für seinen Geschmack. »Da«, sagte Benton wieder und deutete weiter mit dem Finger, schrie Gaunt ins Ohr. »Welle, Welle.«

Stimmen wurden lauter, die Hoffnung verlieh ihnen Flügel, sie kreisten über dem Ozean und kehrten zu ihnen zurück. Curtain machte langsame Bewegungen, sein Blick tastete jeden Quadratzentimeter des Meeres ab, sein Gehirn gemartert von Zweifeln, so suchte er nach der verräterischen Rauchfahne, dem Schatten, dem Anzeichen für das Ding, das sich bewegte, das ihnen künden würde von Augen, die das Meer absuchten, Augen, an die Gaunt und Stone in diesem Moment denken mussten, »Du bist nie ganz und gar verloren, irgendwo gibt es Augen, die nach dir Ausschau halten. Die Meere haben Straßen, genau wie es sie auch auf dem Lande, in Städten gibt. Irgendwo ist da ein Schiff. Man muss einen kühlen Kopf bewahren,

Geduld haben«, so summten Curtains Worte wie Bienen in ihren Ohren.

»Vielleicht hast du's querab gesichtet. Wo zum Teufel zeigst du hin? Um Himmels willen!« Curtain brüllte Benton an, brüllte, um seine innere Verwirrung zu übertönen, den Gedanken, dass da kein Schiff war, den Gedanken an die Illusion, an ihre ihm zugewandten Gesichter, die Auskunft gaben über den Zustand ihrer Nerven.

»Da ist es! Jetzt seh ich es«, rief Benton, lief winkend nach vorne, auf den Priester zu, der ihn mit großen Augen, offenem Mund fragend anstarrte und dann sah, dass die anderen drei ihm folgten.

»Um Gottes willen«, sagte Curtain, der sich nach nichts so sehr sehnte wie nach Ruhe, »um Gottes willen, hinsetzen. Ich flehe euch an«, und seine Hände lagen auf Bentons Schultern, drückten ihn runter, runter.

»Und Sie, Gaunt, setzen Sie sich. Stone auch. Hört zu. Ich mach dem Jungen keinen Vorwurf, weil er glaubt, ein Schiff gesehen zu haben. Das ist nichts Besonderes, andere Männer haben vor ihm auch schon Schiffe gesehen. Man ist aufgeregt, man schießt über das Ziel hinaus, man glaubt, das Schiff verpasst zu haben, das Meer erstreckt sich ins Endlose, man verliert den Verstand, wenn man die ganze Zeit drauf starrt. Ich kenn das. Setzt euch alle hin und bleibt ruhig. Ich rede mit Benton, sobald ich die Sache mit diesem Schiff geklärt habe.«

Er stand mit dem Rücken zu ihnen und richtete den Blick auf den Horizont, richtete ihn darüber hinaus, suchte hinter jeder Wolke, ihm, der von Deck, hoch aus dem Krähennest Ausschau gehalten hatte, nicht ein Mal, viele Male, ihm konnte nichts entgehen. Dann drehte er sich um, und Benton weinte. Curtain war gerührt. Er tat ihm leid, er konnte ihn verstehen, sagte zu sich: »Wenn da doch bloß ein Schiff gewesen wäre.«

»Manchmal, wenn man so wie du endlos rausschaut aufs Wasser, auf bewegtes Wasser, und dahinter der ruhige Himmel, dann meint man Dinge zu sehen, man denkt, da bewegt sich was, manchmal sieht man Rauch. Ich versteh das. Hoffentlich hast du nächstes Mal mehr Glück, Benton. Hab ich recht, Stone, was sagen Sie, Gaunt, hab ich nicht recht? Manchmal bildet man sich Dinge ein, quält sich hinterher stundenlang damit rum, glaubt, dass das Schiff *doch* ein Schiff war, und nun ist es weg«, er sah Stone an, und Gaunt, und sein Blick sagte: »Er ist bloß ein kleiner Junge, er weint, das wird ihm guttun.«

Er begann, Benton die Schulter zu tätscheln, den

Blick auf den alten Priester gerichtet, der kein Wort gesagt hatte, während die anderen beiden hinausschauten aufs Meer, sich an das letzte Stück Hoffnung klammerten, derweil ganze Schiffskonvois durch ihre Gedanken zogen.

»Das verfluchte Wasser«, wimmerte Benton.

»Beruhig dich, mein Junge«, sagte Curtain.

»Wir fahren im Kreis. Wohin fahren wir, wohin?«

»Reiß dich zusammen. Was hab ich dir gesagt von wegen nicht mit dem verletzten Fuß auftreten. Weißt du noch, was ich dir gleich am ersten Morgen gesagt habe? Hast du's vergessen? Stell dir mal vor, dein Mädchen in Somerset würde dich jetzt hier so sehen«, mit sanfter Stimme, die Hand auf Bentons Haar, während Gaunt und Stone weiter hinausstarrten und ihm den Rücken zuwandten, hinausstarrten, hinausstarrten. Plötzlich bewegten sie sich, gingen zu ihren Plätzen mittschiffs, doch ließen sie die Riemen weiter durchs Wasser schleifen, irgendwie unbekümmert, ohne große Hoffnung, voller Zweifel. Es begann zu dämmern, der Nachmittag neigte sich dem Ende zu. Sie flüsterten miteinander, äußerten Zweifel an Curtain. Insgeheim hatten sie sich an ihm orientiert, das war nun vorbei. Die Sprache des Meeres war ihnen fremd,

Curtain war der Einzige, der sie verstand. Nun fragten sie sich, ob das stimmte.

»Siehst du«, sagte Stone, »wir können uns kein bisschen auf ihn verlassen. Dieser Mann behauptet, dass wir fast achtzig Meilen gerudert sind, vielleicht sogar hundert. Wie sollen wir das wissen? Aber wer kann schon Meilen zählen, mitten hier«, kreisende Bewegungen mit den Armen, das ganze Meer umfassend. »Er sagt, er will zu den Schifffahrtsstraßen, da gibt es Schiffe. Er sagt, bald werden wir aufgefischt. Zwei Tage jetzt schon, beinahe drei sind es, drei oder vier, er sagt, die Sonne kommt, alles wird trocknen, es wird warm, alles wird gut. Wir müssen ihm glauben. Wie sollen wir's wissen? Mal angenommen, Benton hat ein Schiff gesehen, nur mal angenommen –«, es folgte ein Schwall von Worten, getragen von der Flut der Verzweiflung, vom Überdruss an dieser Wildnis, von ausgetrockneten Lippen gemurmelte Laute, unverständlich für Gaunt.

»Ich weiß nicht«, sagte Gaunt, »meine Gedanken treiben umher wie dieses Boot, mich kümmert das alles nicht, schaun Sie –«, plötzlich hielt er inne, mied den Blickkontakt mit Stone, der nun zweifelte an Curtain, an den er einst geglaubt hatte, getreu, vertrauensvoll.

»Er hat die Verbindung zu den anderen Booten verloren«, sagte Gaunt. »Er hat behauptet, das Funkgerät sei zerstört, er hat alles Mögliche behauptet, ich kann mich genau erinnern.«

»Er sagt, das Wasser wird knapp«, sagte Stone und stöberte in seiner Erinnerung nach Fehlern, nach Schwachstellen im Getriebe, um den Zweifel an Curtain zu nähren. Ihm fiel wieder ein, dass er wütend auf Benton war. »Bloß ein Kind«, sagte er, »er bittet uns, ihm zur Seite zu stehen, und wir stehen ihm zur Seite, drei volle Tage in diesem Boot, wie viele Stunden sind das, verdammt, sogar der alte Mann da vorne hat es satt, sehen Sie ihn sich doch bloß an. Er sagt zwar nichts, aber er denkt sich 'ne Menge. Warum soll Benton kein Schiff gesehen haben? Seine Augen sind nicht schlechter als die von dem Seemann.«

»Wenn wir ertrinken, ertrinkt er mit«, sagte Gaunt. Er hatte trockene Lippen, er fragte sich, wann die nächste Ration ausgegeben würde, er wollte keinen Zwieback mehr, bloß Wasser, Wasser.

»Letzte Nacht hab ich's ihm gesagt, ich hab ihm gesagt, ›das kannst du nicht machen. Du kannst diesen Mann nicht so bestatten, wo doch ein Priester an Bord ist.‹«

»Welchen Mann?«

»Den Seemann, Crilley, der ums Leben gekommen ist«, sagte Stone. »Er hat ihn über Bord geworfen, ich hab's mit eigenen Augen gesehen. Er hat gesagt, er kann das ohne weiteres selbst erledigen, er hat gesagt, er kennt die Gebete mindestens so gut wie jeder Priester, er hat gesagt –«

Vorwürfe folgten auf Vorwürfe, das Gemurre wurde heftiger, das Misstrauen wuchs. Von alledem war Curtain umzingelt.

V

Die Erde um sie her schwankte, und Curtain sah ihr beim Schwanken zu. Die Riemen waren eingeholt, der Treibanker war ausgebracht, das Boot lag beigedreht, zappelte wild, Spritzwasser in solchen Mengen, dass er mit dem Schöpfen kaum dagegen ankam. Es war dunkel geworden, Sterne tanzten am Himmel. So saß er in der Dunkelheit, hielt Ausschau nach jeder hereinbrechenden Welle. Der Himmel senkte sich aufs Wasser, das Wasser reckte sich hinauf zum Himmel. Er saß allein. Er hatte es erwartet, er hatte es kommen sehen. Der Zug der Wolken sagte ihm alles, das war eine Sprache, die er verstand. Er hatte versucht, den alten Priester nach achtern zu schaffen, doch das war unmöglich. Es ging ihm zu schlecht. Der alte Mann lag mit dem Kopf auf der Bank, und er hörte weder, was der Seemann zu ihm sagte, noch schlug er die Augen auf.

»Sie können hier nicht bleiben«, sagte Curtain, beugte sich hinunter und umschlang den Priester mit beiden Armen. »Sie können hier nicht bleiben«, und dachte, dass dieser alte Mann mehr wert war als sie alle anderen zusammen, und hob ihn langsam hoch.

»Oh, bitte – lassen Sie mich gehen, lassen Sie mich gehen«, die Augen noch immer geschlossen, während Curtain ihn auf dem Arm hielt.

»Aber wir nehmen Wasser über, hier vorne ertrinken Sie mir«, sagte er, die anderen kümmerten ihn jetzt nicht, einzig der alte Mann, Gottes unschuldiges Geschöpf, verloren. Der Priester stöhnte, flehte.

»Lassen Sie mich hier liegen, lassen Sie mich liegen.«

Er hatte ihn wieder hingelegt, aber er musste dringend ein wenig weiter nach achtern mit ihm, um ihm ein bequemes Lager auf den Bodenbrettern bereiten zu können, unbeholfen stolperte er durch die Dunkelheit nach vorne, tastete umher, fand das Stück Reserveplane, mit dem er das Nachtlager auspolsterte. Er hatte nichts zu sich genommen, er konnte weder trinken noch essen. Es machte Curtain traurig, ihn so zu sehen, nachdem es ihm früh am Morgen recht gut gegangen zu sein schien, er legte ihm die Hand auf die Stirn, sie war heiß und feucht. Er hatte Angst, nicht davor, dass das Boot vollschlagen würde, sondern nur davor, dass dieser Mann, alt und gebrechlich, Fieber bekam, dieser Mann, der sich mit keinem Wort beklagt hatte, der sogar rudern wollte, worüber er nur hatte lachen können, der so ruhig gewesen war, so heiter, stets ein Lächeln, der Versuch eines Lächelns, der sich übergeben hatte, der hilflos war. Angst nur davor, dass er sterben könnte, der sich langsam ein wenig erholt hatte, der dagesessen und einem Mann namens Gaunt zugehört hatte, wie der »von einer Ziege namens Kay« erzählte.

Curtain gelang es nicht, Bentons Starrsinn zu brechen, das Schiff war und blieb da, er hatte es gesehen, da war er ganz sicher. Mit Gaunt, der ihm vor dem endgültigen Einbruch der Dunkelheit beim Ausbringen des Treibankers geholfen hatte, konnte er nicht reden. Er konnte es nicht, weil Gaunt selbst kein Wort sagte. Curtain hatte sich gefragt warum, warum hatte Gaunt ihn so merkwürdig angesehen, als er ihn anfangs nach seinem Namen fragte? Mit Stone konnte er nicht sprechen, weil der sich mit Benton über ihn unterhalten hatte und ihm misstraute; er hatte sie beide reden hören, hatte gehört, wie Stone Benton in seiner Vorstellung vom gesichteten Schiff bestärkte. Ihm schien, das Misstrauen würde wachsen, und davor hatte er Angst. Man konnte nicht bergauf rudern, also musste er beidrehen, hatte ihnen gesagt, sie sollten die Riemen einholen. Die Wellen türmten sich in der Dunkelheit zu gewaltigen Gebirgen. Sie hatten sie eingeholt, hatten sich gewundert über die Anweisung. Bald war es stockfinster.

Dem Seemann, der Augen und Ohren offen hielt, der voraus schaute, horchte, hatte es nur allmählich gedämmert, dass sie über ihn flüsterten. Der vorliche Wind trieb wirbelnde Gischt in gewaltigen Bögen über das Boot, das mit dem Bug tief eintauchte, sich aufbäumte und wieder abwärts rauschte.

Er hatte das erwartet. Kein Schiff, kein Vogel, nichts war zu sehen außer dieser schwankenden Welt um sie herum. Er hatte wohl eine Minute so dagesessen, als Gaunt, zumindest glaubte er, es wäre Gaunt, er konnte kaum etwas erkennen, als Gaunt aufstand und sich entfernte. Und ein wenig später stand einer der anderen auf, er wusste, dass es Stone war. Sie waren ohne ein Wort gegangen, nahmen den Zweifel mit sich, ihr Misstrauen hatte sich verfestigt, die Nerven lagen bloß, und das machte ihn traurig.

Er saß da, in sich zusammengesunken, die Finger verschränkt, sein Körper eins mit dem Boot, und Wasser kam über. Er hatte sich an die Arbeit gemacht, vergaß sie, ignorierte sie, saß stundenlang vornüber gebeugt und schöpfte Wasser.

Irgendwo saßen oder lagen sie, hielten ihren plötzlichen Zweifel fest umklammert.

»Gütiger Gott!«, sagte er.

»Erst drei Tage. Ich dachte, sie würden es schaffen, ohne die Nerven zu verlieren, schuld ist dieses kleine bescheuerte Bürschchen, Benton.« Verwunderung erhellte seine Gedanken wie ein Scheinwerfer. »Ich dachte, alles wird besser, wenn erst mal die Seekrankheit überstanden ist. Ich hab sie zusammengeholt, hab mit ihnen geredet. Ich hab ihnen gesagt, alles wird gut, solange ihr einen kühlen Kopf bewahrt. Ich hol euch hier raus.«

Er wiederholte diese Worte im Stillen, langsam, als müssten seine Gedanken mühsam einen Berg erklimmen, wiederholte alles, was er ihnen gesagt hatte, und betrachtete dabei das schwankende Meer, den schwankenden Himmel, die schwebenden Wolken. Und dann stand er auf mit schmerzendem Rücken, steifen Knochen, sein Körper rief nach Schlaf. Warum hatten sie Benton geglaubt und nicht ihm? Es war der gute Gaunt, sowieso nicht ganz richtig im Kopf, der einem alten Mann in den Ohren lag mit seiner »Ziege namens Kay«.

Gaunt war die See, die über sie hereinbrach, war der Schmerz in seinem Rücken, das plötzliche Gefühl der Ungewissheit. Wenn Gaunt nicht ruderte, dann schlief er, oder er saß vorne und redete auf den Priester ein.

»Vielleicht gibt es etwas an ihm, was dem alten Mann gefällt«, überlegte er, »aber mit mir hat er, seit er auf dieses verdammte Boot kam, kaum drei Worte gesprochen. Ich hege keinen Groll gegen den Kerl.«

Einmal hatte er dicht dabeigestanden, als Gaunt und der Priester sich unterhielten. Es ging irgendwie um seine Frau, die die Zügel in der Hand hatte, und darum, was für ein Dummkopf er gewesen war und dass sie ihn nie wirklich geliebt, seit Jahren eine Liebesbeziehung zu einem anderen Mann gehabt habe. Wie er vor den Tatsachen die Augen verschlossen habe, wie sie diesem Mann von Ort zu Ort gefolgt sei, Gaunt im Schlepptau, wie sie das Geld mit vollen Händen rauswarf. Wie sie ihn sogar noch in der letzten Nacht an Bord der *Aurora* belogen hatte. Kein Kabel war rausgegangen an den Sohn. Hintergangen bis ins Letzte.

Er erinnerte sich daran, was der alte Priester Gaunt geantwortet hatte.

»Selbst schuld, Gaunt. Sie waren eine schwache Kreatur, Sie haben keinen eigenen Willen gezeigt.«

Er erinnerte sich daran, wie er zu Stone gesagt hatte, »Sie muss eine besonders niederträchtige Ziege gewesen sein«, wie Stone gelacht hatte.

»Sie hatte nicht genug zu tun, und er hat einen dummen Fehler nach dem anderen gemacht«, sagte Stone.

Traf den Nagel auf den Kopf.

Und doch tat ihm der Mann leid, der, schwach oder nicht, seine Frau geliebt hatte. Und jetzt wusste er nicht, ob sie am Leben oder ob sie tot war. Nichts, wohin er zurückkehren konnte, der Sohn ein Fremder.

»Und mit alledem liegt er dem armen alten Priester in den Ohren«, sagte Stone.

Dies ging Curtain durch den Kopf, während er mit dem Ösfass in der Hand dastand. Er konnte Gaunt im Moment nicht sehen, aber er wusste, wo er war. Lag flach auf dem Rücken, genau wie Benton. Eine Gestalt kam auf ihn zu. Es war Stone. Der Mann tastete umher, griff schließlich seine Hand.

»Die verdammten Nerven«, sagte er, »es tut mir leid.«

»Vergiss es«, sagte Curtain. »Geh nach achtern und such dir da auch so ein Ösfass«, und hielt seines dem Mann unter die Nase, damit er sehen konnte, was gemeint war, »und dann komm wieder her und hilf mir, sofern du nicht ersaufen willst. Gaunt und der andere Knabe können bleiben, wo sie sind, glaub mir, sie sind uns eine größere Hilfe, solange sie schlafen. Totale Nichtsnutze, die beiden. Wenn sie drei Tage durchschlafen, sparen wir eine Menge Wasser«, lachte, »es wird allmählich knapp.«

»Knapp«, rief Stone, »es wird knapp?«

»Ja, knapp. Du hast ja wohl nicht erwartet, dass es ewig reicht?«

»Ich denke –«

»Verdammt! Steh da nicht rum und denke«, schnauzte er Stone an.

Er war wieder auf den Knien und schöpfte, als Stone zurückkam und mitmachte. Er legte los mit wilder Entschlossenheit, einmal trafen sich ihre Köpfe, ein andermal stießen sie mit ihren Ösfässern zusammen, doch sie sprachen kein Wort. Stone machte sich große Sorgen. Er schämte sich, weil er auf Benton gehört und sich Zweifel an Curtain hatte einreden lassen, obwohl der ihm von Anfang an vertraut hatte.

»Du bist nicht ernsthaft böse auf mich?«, fragte er und hockte sich auf die Fersen.

Curtain legte sein Ösfass beiseite.

»Warum sollte ich böse auf dich sein, warum sollte ich auf irgendjemanden böse sein außer auf den Mann, der sich Wasser aus dem Fass nimmt, wenn keiner hinschaut.«

»Wer?«

»Gaunt«, sagte Curtain. »Ich hab nichts gesagt, und ich werde auch nichts sagen. Er kriegt als nächste Ration eine halbe Dose Wasser. Ich bin nicht böse auf dich, warum, verflucht, sollte ich? Solche Dinge passieren, ich hab das alles schon erlebt. Heute Morgen hab ich gehört, wie du zu Benton gesagt hast, dass Gaunts Verstand allmählich Schaden nimmt. Mag sein, aber die anderen nehmen Schaden, wenn er weiterhin Wasser klaut. Weiter nichts. Man darf bloß die Hoffnung nicht sterben lassen, verdammt nochmal nicht die Nerven verlieren.«

»Curtain«, sagte Stone, »mal ehrlich. Glaubst du wirklich, dass man uns findet? Ich muss dich das einfach fragen. Wie du dich verhältst, was du sagst, was du tust, bei alledem sag ich mir: ›Der Kerl ist klasse. Er muss sich seiner Sache sicher sein.‹«

»Glaub das bloß nicht. Ich bin mir kein bisschen sicherer als du dir. Ich habe Hoffnung, weil mir alles, was ich bisher im Leben erlebt habe, Grund gibt, Hoffnung zu empfinden«, schloss er, und beide schwiegen, das einzige Geräusch kam von den Ösfässern, die über den Boden des Bootes kratzten, von dem Wasser, das sie aufschöpften. Plötzlich hob er den Blick zu Stone. »Benton fällt ganz aus. Sein anderer Fuß fängt auch an zu schwellen. Wenn wir bloß Sonne hätten –«

»Ja«, sagte Stone und war mit den Gedanken völlig woanders, »ja«, und dabei dachte er nicht an Benton, sondern an das Wasser, das Gaunt gestohlen hatte, Curtains Bemerkungen gingen ihm nicht aus dem Sinn.

Manchmal sah Stone über Curtains Kopf hinweg zu den großen Wolkenbänken, die vorbeizogen und Teile der Wasseroberfläche verdunkelten, so dass es aussah wie Frühdunst, der sich über das Meer breitete. Irgendwann schien alles Licht verschwunden zu sein und das Boot am äußersten Rand der Erde herumzudümpeln. Er wusste nicht, wie lange er so vornübergebeugt dagestanden und den Arm hin und her geschwungen hatte wie ein Pendel. Etwas sagte ihm, dass er weitermachen musste, er wagte nicht aufzuhören, solange sich Curtains Arm weiter hob und senkte. Dann fragte er sich, warum Gaunt nicht kam und ihnen half. Benton konnte nicht mehr, konnte kaum noch einen Schritt tun, aber Gaunt ging es gut. Er fragte sich, ob er das Thema Curtain gegenüber anschneiden sollte. Und er tat es.

»Er ist mir hier verdammt kein bisschen eine Hilfe«, gab Curtain zur Begründung an. »Wenn ich

Gaunt gewollt hätte, hätte ich nicht dich gefragt. Gaunt leistet dem Priester Gesellschaft. Das ist das Einzige, was ich im Augenblick von ihm will. Und natürlich, dass er die Finger von dem verdammten Wasser lässt.«

»Schätze, wir werden überhaupt nicht mehr aufgefischt«, wagte Stone zu bemerken.

Curtain lachte. »Wir werden absaufen. Herr im Himmel, gönn uns eine Pause.«

Später nahm er Stone das Ösfass aus der Hand. »Lass gut sein«, sagte er, »lass gut sein.«

Stone überließ Curtain sein Ösfass, stand auf und machte Anstalten, sich zu entfernen. Er wollte bleiben, er zögerte, aber Curtain stieß ihn fort. »Mach schon! Lass gut sein!«

Er ging nicht, er ließ sich auf die nächstbeste Bank sinken. Schlief an Ort und Stelle ein.

Er spürte etwas Warmes auf dem Gesicht, wie jemandes Atem, und als er die Augen aufschlug, war es die Sonne, die hoch am Himmel stand und ihr Licht nach unten sandte. Die riesige Wasserfläche rings umher schien lichterloh zu brennen. Er konnte sich nicht mehr daran erinnern, eingeschlafen zu sein, auch wusste er nicht, wie lange er ausgestreckt auf der Bank gelegen hatte, vielleicht hatte Curtain selbst ihn so hingelegt, und dann sah er, dass jemand seine Füße mit einem Tauende an der Bank festgebunden hatte. Das war Curtain gewesen. Der Seegang war hoch, daran erinnerte er sich, und an den kräftigen vorlichen Wind, der ihnen die Gischt in ihr kleines Boot jagte. Die halbe Nacht hatte er Curtain dabei geholfen, das Boot am Schwimmen zu halten, sie hatten einander gegenüber auf den Knien gehockt, hatten aber nicht viel gesprochen. Curtain war schweigsam gewesen, daran erinnerte er sich, irgendwie mürrisch. Das hatte ihn beunruhigt. Langsam setzte er sich auf und sah sich um. Benton und Gaunt waren an den Riemen. Sie flüsterten aufgeregt miteinander.

»Was da wohl passiert ist?«, fragte sich Stone.

Und mit einem Mal hatte er sie vergessen, legte sich wieder auf den Rücken, sah hinauf in einen leuchtend blauen Himmel. Er setzte sich wieder auf, begann langsam, sich auszuziehen. Nackt legte er sich der Länge nach auf die Bank, lag ganz ruhig. Dachte an nichts, spürte nur die Wärme in seinen Körper sickern, lag da mit geschlossenen Augen, der Kopf leer, die Wärme ließ jeden Gedanken dahinschmelzen. Er lag reglos da, wie ein Fisch. Die Wärme drang vor zu seinen Knochen, das Blut begann zu kribbeln, er jubelte im Sonnenschein. Worte und der Widerhall von Worten schwebten vorbei, durchfluteten seine Ohren. Er hörte nichts außer einem Summen. Er hatte seine Kleider zum Trocknen ausgebreitet. Wieder setzte er sich halb auf und sah ganz vorne Curtain, wie er sich über den Priester beugte. Und der Seemann gewahrte Stone aus dem Augenwinkel, ein kurzer Blick auf einen, der sich Freiheiten herausnahm, er schob jeden Gedanken an ihn beiseite; Stone mochte ebenso gut ein toter Fisch sein.

Pater Michaels lag ausgestreckt auf einer Bank, und er war nackt. Curtain massierte ihn. Gleich neben ihm hingen seine Kleider zum Trocknen auf einer Leine.

Während er sich bemühte, den Körper des Priesters wieder mit Leben zu erfüllen, war ihm die Tatsache, dass die Sonne schien, kaum bewusst. Er nahm sie praktisch nicht wahr, hob nie den Blick, machte einfach seelenruhig weiter, rieb den Körper des Mannes. Er war stolz darauf, dass er es geschafft hatte, dem alten Priester die Kleider auszuziehen. Nachts hatte er wieder erbrochen.

Curtain hatte ihn zitternd vorgefunden. Jetzt rief er plötzlich über das ganze Boot: »Stone! Wo zum Teufel steckst du?«

Splitternackt machte sich Stone auf den Weg zu Curtain.

»Du bringst deine Klamotten am besten mit her«, sagte Curtain. »Setz dich hier zu dem alten Mann, aber geh ihm nicht mit irgendwelchem Gequatsche auf die Nerven. Es geht ihm nämlich gar nicht gut. Behalt ihn einfach im Auge, wenn irgendwas ist, ruf mich.«

Er ging und stellte sich zu den beiden Männern an den Riemen. Er befahl Benton aufzustehen. Er versuchte es, sank aber gleich wieder zurück auf die Bank.

»Und da haben wir den Nächsten«, dachte Curtain und hob Benton von der Bank; die Riemen schleiften durchs Wasser; er trug Benton nach achtern.

»Du bist so verdammt dickköpfig«, sagte Curtain, »der andere Stiefel muss auch runter.«

Er fing an, den Stiefel aufzuschnüren, und Benton zuckte zusammen. »Stillhalten«, sagte er.

Der Stiefel fühlte sich, als der Seemann ihn in der Hand hielt, an wie Brei.

»Dieser Knabe ist auch nicht mehr zu gebrauchen. Ich dachte, er steht das hier durch. Wie dem auch sei, er tut's nicht.«

»Du musst sie rubbeln, du musst um jeden Preis vermeiden, dass sich ihr Zustand verschlechtert, verstanden?«

»Mir egal, was aus ihnen wird«, sagte Benton.

»Mir aber nicht«, sagte Curtain und rieb den Fuß, der fast völlig verschwand zwischen seinen Händen.

»Da sitzt Stone«, dachte er, »er ist der Einzige. Na ja, einer ist besser als keiner«, und ab und zu warf er einen Blick hinüber zu Gaunt.

Morgen liegt der flach. »Eine fabelhafte Mannschaft«, scharf, geflüstert. »Mach's dir bequem. Leg dich da hin, du musst weiter nichts tun. Mach das Beste draus.«

Die Sonne schien, aber ihm blieb keine Zeit, die Sonne anzuschauen. Er ging zurück zu dem alten Mann. »Was hast du für einen Eindruck von ihm, Stone?«

»Gar nicht so übel, könnte schlimmer sein.«

»Wenn du hier fertig bist, löst du Gaunt ab. Und komm nicht auf falsche Gedanken. Ich bin es, auf dessen Seite du stehst, Stone. Die andern hier –« Er sah den Mann nicht an, sondern sah hinüber zum Priester, geschlossene Augen, wächserne Haut, ein schmales und durchsichtiges Gesicht in der Sonne.

Pater Michaels schlug die Augen auf. »Geben Sie mir was zu trinken«, sagte er. Er sah durch Curtain hindurch, durch Stone hindurch, sah irgendwo hin, nirgendwo hin. »Geben Sie mir was zu trinken.«

»Du kannst die Rationen verteilen«, sagte Curtain, »eine halbe Dose für jeden, einen Zwieback.«

»Schaun Sie, Sie sind nicht schlimm krank«, sagte er und beugte sich über den Priester, »in null Komma nix geht's Ihnen wieder gut. Sehen Sie, schaun Sie hoch, da ist die Sonne. Das kommt davon, wenn man die ganze Zeit in nassen Klamotten rumsitzt«, und dann schlug der Priester die Augen auf, und Curtain wedelte ihm mit dem erhobenem Zeigefinger vor dem Gesicht herum. »Längst schon hätten Sie mir erlauben sollen, Ihnen diese Sachen auszuziehen.«

Stone kam zurück. Er goss dem alten Mann Wasser in den Mund.

»Jetzt wird's Ihnen besser gehen«, sagte Curtain, »sobald Ihre Sachen trocken sind, können Sie sie wieder anziehen.«

»Ich hab Benton seine Ration gegeben«, sagte Stone. »Den Zwieback hat er weggeworfen.«

»Hast du ihn aufgehoben?«

»Nein! Ich bin gleich mit dem Wasser für ihn hergekommen«, er deutete auf den alten Mann.

»Geh und heb den Zwieback auf«, sagte Curtain und nahm Stone die Dose aus der Hand.

Gaunt bekam große Augen, als er sah, dass Wasser verteilt wurde, er war über die Maßen erregt, seine

Hände an den Riemen machten kleine krampfartige Bewegungen, er ließ die Riemen los, wartete.

»Das ist für Sie«, sagte Curtain und reichte Gaunt die Dose.

»Das ist alles?«

»Ich fürchte.«

»Mein Gott, ist das alles, was noch da ist?«, die Dose zitterte in seiner Hand.

»Ja, und verschütten Sie nicht das wenige, was Sie haben. Wir brauchen auch noch was für morgen.«

Er stürzte das Wasser herunter, verschluckte sich, stammelte: »Wo zum Teufel fahren wir hin?«

»Heute früh hab ich gesehen, wie Sie im Achterschapp rumgewühlt haben. Haben Sie sich Wasser aus dem Fass genommen?«, fragte Curtain.

»Ja. Ein paar Tropfen.«

»Gut! Ich werde in diesem Fall nichts weiter dazu sagen, außer dass Sie einem anderen seinen Anteil weggenommen haben. Machen Sie das nicht nochmal.« Er sah Gaunt an, dessen ganze innere Schwäche sich seiner Gesichtszüge zu bemächtigen schien.

»Die Sache mit Ihrer Frau tut uns allen wahnsinnig leid«, sagte Curtain, »aber wir müssen uns, abgesehen davon, auch über andere Dinge Gedanken machen. Ich denke, wir sollten uns mal unterhalten. Sie sind ja bisher nicht sehr gesprächig. Ich weiß warum. Und besonders höflich waren Sie auch nicht, zu niemandem hier, und das habe ich einfach nicht verstanden, weil wir alle hier Männer sind wie Sie. Sie sehen nicht aus wie jemand, der viel abkann. Der Priester kann noch weniger ab als Sie, und den hat letzte Nacht die Übelkeit heftig erwischt. Würde es Ihnen also etwas ausmachen, wenn ich Sie bitte, sich von ihm ein wenig fernzuhalten statt die ganze Zeit auf ihn einzureden?«

»Wo zum Teufel fahren wir hin? Wie lange geht das hier noch so weiter?«

»Ich kann es Ihnen nicht sagen. Ich wünschte, ich wüsste mehr. Ich hab Ihnen das alles am ersten Tag erklärt, erinnern Sie sich? Ihre Reaktion ist wirklich hinreißend. Benton liegt flach auf dem Rücken. Nichts anzufangen mit ihm. Dann sind da noch Stone und Sie. Zu dritt werden wir es schon schaffen, rechtzeitig irgendwo anzulanden«, Curtain richtete sich langsam zu seiner ganzen Länge auf, »aber wenn Sie Wasser stehlen, könnten Sie sich in einer gänzlich anderen Lage wiederfinden. Mir könnte das egal sein, Stone könnte das egal sein –«

»Haben Sie nicht gesagt, wir sind unterwegs Richtung –«

»Sind wir.«

Curtain setzte sich wieder. »Sie sollten versuchen, Ihre Stimmung ein wenig zu verbessern, und wenn es nur zum Schein ist. Wir haben einen alten Mann an Bord, einen leicht erregbaren Jüngling, und dann ist da noch Stone. Benton hat eine Freundin, Stone hat Familie, und ich auch. Das ist der Grund, warum wir rudern und auf diese Weise versuchen, ein wenig vorwärts zu kommen. Benton meint, wir fahren im Kreis, aber wen schert es schon, was ein Bub meint. Der Priester sagt nichts, er betet nur. Wir müssen zusammenhalten, Gaunt. Grad vor einer Stunde hatte ich eine Meinungsverschiedenheit mit Stone, aber es hilft nichts, wir sind auf einander angewiesen.«

»Ich weiß verdammt nicht, was mit mir los ist – ich weiß nicht –«, sagte Gaunt und spielte mit den Fingern, zupfte an Curtain herum.

Das ging Curtain unter die Haut, er fürchtete, der Mann würde jeden Moment anfangen zu weinen, und dann weinte er, und er konnte sich nicht erinnern, jemals einen Mann weinen gesehen zu haben.

»Kein Grund, sich Gedanken zu machen, weder um Ihr Leben noch um das der anderen. Sie sind jetzt ein ziemliches Stück gerudert, gehen Sie und legen Sie sich ein bisschen hin. Unterhalten Sie sich ein bisschen mit dem Jungen. Sie dürfen nicht an die Sachen denken, die Ihnen passiert sind, das zieht Sie bloß runter. Nicht so missmutig, um Himmels willen, wir sind nicht verloren. Bloß drei Tage in diesem verfluchten Boot, stellen Sie sich mal vor, wir wären schon eine ganze Woche hier – dann würde vermutlich sogar ich anfangen, mir Gedanken zu machen.«

Er klopfte dem Mann auf den Rücken, dachte an Bentons Füße, sah hinüber zum Priester, fragte sich, wie lange Stone durchhalten würde.

»Gehen Sie nach achtern und machen Sie's sich bequem«, und schob Gaunt beiseite, setzte sich auf dessen Platz und nahm seine Riemen.

»Warum er sich bloß nicht ein bisschen zu uns setzt und sich unterhält, anstatt die ganze Zeit an diese Ziege zu denken, die er zur Frau hatte; nach allem, was ich gehört habe, muss sie eine gewaltige Ziege gewesen sein. Ein Schock, aber wir alle müssen unsere Schocks verkraften. Gibt hier den Eigenbrötler, kreist mit seinen Gedanken viel zu sehr um immer dieselbe Sache.«

Er musste daran denken, wie Gaunt dem Priester mit seiner Lebensgeschichte in den Ohren gelegen hatte, von der der alte Mann höchstens die Hälfte mitbekommen haben konnte, erinnerte sich, wie er einmal nachmittags Pater Michaels seine Wasserration gebracht hatte und Gaunt sofort aufgestanden und gegangen war, wie ein kleiner Junge, der was aus der Speisekammer geklaut hatte, schüchtern, ungelenk, kein bisschen ein Mann, und er hatte gesagt: »Ich weiß ja nicht, über wen oder was Sie da gerade vom Leder ziehen, aber er hat von dem, was Sie gesagt haben, kein Wort mitbekommen. Er schläft tief und fest.« Ein hagerer, ausgemergelter Mann. Sein Nachname stand ihm gut.

»Und Geld muss er gehabt haben wie Heu«, dachte Curtain. Wenn sie heil nach Hause kamen, würde dieser Mann, da hatte er keine Zweifel, ein neues Geschäft aufbauen, seine Erfahrungen vergessen, sein Leben neu in die Hand nehmen. Er hatte viele Menschen wie Gaunt erlebt, die reisten in der Weltgeschichte herum, wurden niemals und nirgends sesshaft, waren ständig unterwegs. Ihm, der Frau und Familie hatte und seit zweiundzwanzig Jahren in ein und demselben Haus wohnte, erschien ein solches Leben abwegig. Manchmal schwankte er in seinen Sympathien, sie waren nicht eindeutig zugeordnet, er konnte gedanklich zum entgegengesetzten Extrem neigen und war dann imstande zu sagen: »Geschieht ihm recht, scheint sich ja um eine ausgemachte Schweinebande gehandelt zu haben.« Die beiden Masten zur Markierung von Richtig und Falsch ragten hoch auf in seinem Wertesystem, keine Flaggen oder Wimpel waren gehisst. Er konnte Mitleid haben mit Gaunt, er konnte ihn verabscheuen, und geduldig konnte er auch mit ihm sein.

VI

»Da!«, sagte Stone, »jetzt wird's Ihnen besser gehen.« Er trat einen Schritt zurück, um Pater Michaels zu mustern, als hätte er eine Puppe angezogen, Stolz erfüllte ihn angesichts seines vollbrachten Werks. Der alte Mann war nichts als Haut und Knochen, es war eine ziemliche Schufterei gewesen. Aber jetzt war es geschafft, und jetzt saß er da, hübsch und bequem, an seinem angestammten Platz, den Rücken angelehnt, den Kopf auf dem zusammengefalteten Mantel. Stone hatte vergessen, dass er selber nackt war, dass er jemals Klamotten getragen hatte. »Jetzt fühlen Sie sich besser.«

Der Priester raffte sich auf, lächelte. »Sie sind Stone, nicht wahr?«

Stone rückte etwas näher. »Ich bin Stone.«

»Meinen Sie, dass der gute Curtain uns hier heil rausbringt?«, nach einem Hustenanfall.

»So wahr ich Stone heiße.«

»Ich halte immer noch Ausschau nach einem Schiff, aber ich sehe nie irgendwas«, sagte der Priester.

»Curtain wird lange vor uns eins sichten. Lassen

Sie mich das mal wieder in Ordnung bringen«, als er sah, dass der Mantel unter dem Kopf des Priesters wegrutschte.

»Angenommen, wir sehen gar kein Schiff mehr. Ich hab darüber nachgedacht. Ich frage mich, ob diese Frau am Leben ist. Ich frage mich, ob die anderen Boote jetzt in Sicherheit sind. Ich fürchte, wir sind verloren, und Mr. Curtain hat Angst, es offen auszusprechen.«

»Wie schön das Meer jetzt aussieht«, sagte Stone, »und wie einsam es doch ist«, um das Thema zu wechseln.

»Ist der gute Gaunt da drüben?«, fragte Pater Michaels.

»Ja, und Benton auch. Er kann nicht gut laufen, seine Füße sind böse angeschwollen«, flüsterte er dem alten Mann ins Ohr. »Sie hatten Streit, Benton und Curtain. Der Matrose glaubt, dass Benton nicht der Hellste ist«, er tippte sich an den Kopf.

Pater Michaels' Aufmerksamkeit war geweckt, er setzte sich abrupt auf und schüttelte seine Müdigkeit ab. Er starrte hinüber zu Curtain. »Das hat er gesagt?«

»Ja«, antwortete Stone und begriff, was er getan hatte. Das Versprechen gebrochen, das er Curtain gegeben hatte. »Hören Sie, zu niemandem ein

Wort, verstanden?«, seine Hand auf der des Priesters.

»Nein, Nein! Ich sag kein Wort. Aber man stelle sich das vor. Armer Mann. Er hat kaum mit mir geredet«, und nach einer Pause, »wie hilflos wir alle sind, wie hilflos.« Und dann überkam ihn wieder die Müdigkeit, die Lider klappten auf und zu wie Fensterläden, Stone musste an eine Katze am warmen Kamin denken. Er ließ ihn allein und ging nach achtern, um seine Kleider zu holen.

»Schläft er?«, fragte Curtain, als er an ihm vorbeikam.

»Ja. Halb sieht er einen an, halb hört er zu, sein Geist scheint ständig verwirrt«, in Gedanken: »Er erinnert sich bestimmt nicht mehr an das, was ich ihm über Benton gesagt habe.« Er fing an, sich anzuziehen, und sah dabei hinüber zu Benton und Gaunt. Er bemerkte, dass Gaunt ihn aus halb geschlossenen Augen beobachtete, er fand, dass dessen Gesicht in den letzten drei Tagen deutlich hagerer geworden war. Bentons geschwollene Füße lagerten auf der Sitzbank, Kopf und Körper lagen unten im Boot. Etwas Komisches war an dieser Haltung, und Stone musste lachen. Wie zur Antwort lachte Gaunt, ohne ihn jedoch anzusehen. Und dann lachte auch Benton. Sie alle lachten, das Boot schien sich zu schütteln unter ihrem Gelächter. Curtain sah von seinen Riemen auf und war offenbar nicht überrascht, niemand hatte hier bisher gelacht, soweit er sich erinnern konnte. Er hatte so etwas erwartet. Es war die Sonne, die Hitze, das Licht. Sie verschwanden wieder aus seiner Wahrnehmung, und er vergaß den sonderbaren Ausdruck auf Bentons Gesicht. Stone war fertig angezogen und setzte sich zu ihm. Sie ruderten gemeinsam.

»Ich hab an den letzten Ort denken müssen, wo Gaunt und seine Frau gemeinsam waren«, sagte Curtain unvermittelt. »Ich weiß nicht, wie man den Namen ausspricht. Muss verdammt öde hier sein für Gaunt, meinst du nicht? Dieselben Gesichter, dasselbe Meer. Zieht ihn runter, das Schweigen. Das ist das Problem mit dem Kerl. Die Themse war ihm nicht groß genug, als er da gerudert ist.« Er spuckte über den Bootsrand.

»Oh! Das war ein Ort in Frankreich«, sagte Stone. »Cannes, im Süden. Warst du schon mal vorher in einem offenen Boot?«

»War ich. Aber wir waren alles Seeleute. Zehn Tage, ganze Weile her, die Sache.«

»Das war schlimm«, sagte Stone.

»So lang, wie's dauerte. Man kommt über die Dinge hinweg. Nimm den alten Priester. Muss ziemlich genau siebzig sein, und er wird putzmunter hier vom Boot steigen, wenn's so weit ist.«

Die schweren, düsteren Gedanken, die in Stones Kopf waberten, hellten sich plötzlich auf, leuchtende Farben durchfluteten ihn, während er Curtain zuhörte.

»Gib ihm ein paar Tage zum Ausruhen, und er wird sich nicht mehr daran erinnern, jemals auf diesem Boot gewesen zu sein«, fuhr Curtain fort. »Dir wird's genauso gehen, du kannst gar nicht anders. Es ist nur furchtbar so lange, wie's dauert. Der Junge ist anders. Er kommt nicht klar mit der Situation.«

Stone hörte jetzt nicht mehr zu, er sah hinaus über das Wasser.

»Schön, findest du nicht?«, sagte er.

»Und tief.«

Curtain lachte. Redete um des Redens willen. »Und besser so, als wie wenn man Schiffe drauf verteilt, die keinem Menschen was nützen«, dachte er und sah Bentons phantasiertes Schiff von Bug bis Heck vor sich. Das war die Gefahr. Sich in was reinsteigern. Glauben, die Welt beginnt gleich hinterm Horizont, glauben, der Ozean ist glatt und fest und »schön«, so wie man es manchmal liest, »aber in meinen Augen ist er bloß nass«.

»Reden um des Redens willen«, dachte er bei sich. »Ich wünschte, die anderen beiden würden reden um des Redens willen.«

»Weißt du, ich habe gerade gedacht, wie sonderbar es ist, dass Gaunt seine Frau nicht gerettet hat, wenn er sie doch, wie er behauptet, gesehen hat, aber nicht zu ihr konnte. Also, wie zum Teufel kann ein Mann seine Frau nicht retten? Alles eine vertrackte Geschichte. Vielleicht wollte er sie loswerden, man weiß ja nie.«

»Er wollte sie loswerden, nein, sie war es, die von ihm die Nase voll hatte«, sagte Stone.

Sie plänkelten über dies und das, redeten belangloses Zeug, machten Gaunt zum Gegenstand zahlloser Theorien, brachten Benton zurück nach Somerset, verpassten Pater Michaels einen neuen Kragen und stützten ihn auf dem Weg in seine Kirche.

»Reden um des Redens willen«, dachte Curtain. Irgendwo tief in seinem Inneren Mum und Nell, sie waren dort fest verankert, unverrückbar.

»Ich schätze, du wirst zurück müssen an deine alte Arbeitsstelle«, sagte Curtain und schob unvermittelt einen von Stones Hemdsärmeln hoch. »Du kriegst Muskeln.«

Stone lachte. »Ja, ein regelrechter Samson. Nein,

wenn ich heimkomme, gönn ich mir erst mal ’ne Pause, dann such ich mir ein anderes Schiff.«

»Hoffe, du hast dann mehr Glück. Übrigens, kannst du schwimmen, Stone?«

Bei dieser Bemerkung setzte Stone sich auf. »Was?«, fragte er.

»Schwimmen?«

»Ja, wieso?«

»Nichts, hab mich bloß gefragt.«

Man musste über irgendwas reden, man musste die Stunden rumbringen, die schleppenden, nutzlosen Stunden. Man musste Bilder heraufbeschwören und sich mit ihnen den Kopf füllen, man musste den Ozean vertreiben aus den Gedanken. Man wusste, dass sie sich Sorgen machten, bisweilen starr vor Angst waren, sich quälten, sich im Schlaf herumwarfen, aber man musste so tun, als würden sie sich keine Sorgen machen, als würde man sie kennen, bis hinein in die Tiefen ihres Nervenzentrums genau kennen, während man sie in Wahrheit kein bisschen kannte. Man musste sie anschauen und an sie glauben. Man tat das, um das Gleichgewicht nicht zu verlieren. Gelassenheit, Kontrolle, das war der wichtige Ballast im Boot, um es auf ebenem Kiel zu halten, das war die Kraft in der Hand, bei jedem Ruderschlag.

Der Himmel über ihnen stand still, der Feuerball schleuderte seine Strahlen herab, warf sie fächerförmig auf ihre Köpfe.

»Ich hab ihnen vorhergesagt, dass wir in warmes Wetter kommen, aber sie haben mir nicht geglaubt«, sagte Curtain.

»Wie lange hält es an?«

Ein Gedanke, zu schön, um wahr zu sein. »Vielleicht werden wir noch vor Einfall der Dunkelheit etwas sichten«, sagte Stone, ein ausgedehntes, hoffnungsvolles Seufzen in der Stimme, das unvermittelt zerbröselte unter den Worten, die Curtain sprach.

»Dabei fällt mir ein«, sagte Curtain, »bring doch bitte das Wasser her. Ich werde von jetzt ab drauf schlafen. Es könnte heißer werden, wer weiß, und wir wollen alle an unser Wasser. Ich gehe kein Risiko ein. Mach es am besten jetzt gleich.«

Stone zog los, vorbei an Benton und Gaunt, die in unveränderter Haltung dalagen.

»Sie sollten Ihre Sachen trocknen, Gaunt«, sagte er und verhinderte damit, dass Gaunt äußerte, was ihm auf den Lippen lag. »Sie sollten Ihre Sachen trocknen, solange dazu noch Gelegenheit ist. Das gilt auch für dich, Benton.«

Keine Antwort.

Er nahm das Fass, hob es auf die Schulter, sie sahen ihm dabei zu, sagten nichts. Stone entfernte sich, schob das Fass unter die Bank, auf der Curtain saß. Gaunt und Benton fuhren fort, miteinander zu flüstern.

»Das ist gut. Pack es da drunter«, sagte Curtain. »Ab morgen gilt eine drittel Dose für jeden Mann, Zwieback wer will.«

»Wie lange geht das, ehrlich, noch so weiter, Curtain?«

»Wie zum Teufel soll ich das wissen?«

»Und was ist mit der Milch?«

»Die Milch ist für den Priester. Für keinen sonst.«

»Oh – verstehe –«, antwortete Stone, gedankenversunken, unfähig, die schlichte und unbegreifliche Aussage zu fassen.

»Ich weiß, was es ist«, sagte er zu sich, »ich bin trocken – trocken.«

»Wann ist die nächste Ration fällig? Mein Gott, hier gibt es weder Zeit noch sonst was.«

»Du hast Durst, ich weiß. Ich auch. Wir alle. Aber wir müssen durstig bleiben. Tut mir leid, Stone, so ist die Lage. Denk an Gaunt, der sich was aus dem Fass geklaut hat. Ich hätte ihn umbringen können. Stell dir seinen Mund über dem Loch vor, wie er Wasser verschüttet. Du musst Geduld haben. Ich muss dir sonst vielleicht eine reinhaun, Stone«, lächelt ihn an, spürt dann die Trockenheit auf den eigenen Lippen, verflucht Gaunt, lacht dem Mann ins Gesicht, »aber du bist wie ich, kannst Ruhe bewahren, hast dich im Griff. Das bringt uns durch.«

Reden um des Redens willen. Auch Benton und Gaunt redeten.

»Das neulich hätte ohne weiteres ein Schiff sein können«, sagte Gaunt. »Meinst du, wir fahren im Kreis?«

»Und?«

»Hier wird jeder verrückt; meine Güte, wenn ich bloß dran denke.«

»Was! Was! Woran denken?«

»Herrgott, ich weiß nicht«, sagte Gaunt und leckte sich die Lippen.

»Stone hat das Wasser weggeschafft«, sagte Benton. »Ich frag mich, warum er das getan hat.«

»Sie genehmigen sich gemeinsam ein Schlückchen, wenn wir nicht gucken«, sagte Gaunt, dann ein ekelhaftes Grinsen, gefolgt von einem Lachanfall, »deine Füße, schätze ich, fühlen sich an wie Luftballons.«

»Und Sie glauben nicht einen Moment, dass er uns belügt?«

»Woher, verflucht, soll ich das wissen?«, ein tosender Fluss von Lügen, alles mit sich reißend, Kay mittendrin.

»Schätze, wir werden gefunden, gerettet, meine ich«, fuhr Gaunt fort, »gehst du zurück zu deinem Mädchen, heiratest sie?«

»Kann sein, ich weiß nicht«, verhalten, »was zum Teufel meinen Sie?«

»Nichts. Ich hatte mal ein Zuhause, ein hübsches Heim, dann wurde es meiner Frau zu eng und sie gab keine Ruhe, bis sie alles gesehen hatte bis auf das Taj Mahal; ich war inzwischen pleite. Vielleicht hat sie es in das Boot geschafft, vielleicht nicht, ich weiß es nicht. Sie hat immer gesagt, ich wäre egoistisch, wäre ich es doch bloß gewesen. Ich wäre jetzt nicht hier. Sie hat alles niedergetrampelt, was ich je aufgebaut habe, und bis zur letzten Minute hat sie mich belogen.«

»Warum?«, fragte Benton und sah Gaunt in die Augen, sah seine Zunge über die Lippen fahren, er hatte wieder angefangen, sie zu lecken, und plötzlich leckte auch Benton seine.

»Weiß nicht. Wusste nie, wann es ihr gut ging. Wollte den verdammten Himmel auf Erden. Sie ist weg, und auch mein Sohn ist weg. Sie hat ihm einen Haufen Lügen erzählt –«

»Aber wozu? Es muss irgendeinen Grund geben –« Die Worte waren wie Salz auf den Lippen des Anderen.

»Verdammt, hör auf, mir Fragen zu stellen«, sagte Gaunt, »ich weiß nicht, ICH WEISS ES NICHT. Und das ist es auch nicht, was ich gemeint habe«, und plötzlich hielt er inne, der Mund verschlossen wie eine Tür, er glich der Feder einer abgelaufenen Uhr.

Er lehnte sich an Benton. »Der alte Priester war der Einzige, der mir zugehört hat«, eine Hand auf Bentons Fuß, streichelnd, »dein Fuß ist schlimmer angeschwollen, seit Curtain dir den Stiefel ausgezogen hat, manche Leute wissen eben alles besser.«

»Mein Mädchen kriegt einen Schock, wenn sie mich sieht; sie erwartet mich nicht zurück, das ist der verdammte Spaß an der Sache«, kichernd, »vielleicht erwisch ich sie auf frischer Tat«, ein schmutziges Grinsen, sich allmählich auf dem fleischigen Gesicht ausbreitend. Er fing an zu lachen.

»Der Priester wird sterben, sieht man, muss ihn sich bloß anschaun«, sagte Gaunt und streichelte Bentons anderen Fuß, »wie er schon atmet, und die glasigen Augen, irgendwann ist er garantiert tot. Ich frag mich, ob wir was sichten, ehe es dunkel wird –«

»Frag ich mich auch«, sagten Bentons Augen,

weit aufgerissen, fiebernder Blick, Mund offen. »Seit drei Wochen sind wir in diesem fürchterlichen Boot.«

»Sie sind ruhig da drüben. Sieh sie dir an. Belauschen uns die ganze Zeit. Haben sogar aufgehört zu rudern, um besser lauschen zu können. Sie belauschen alles. Sie stecken unter einer Decke. Ich hab gehört, wie sie heute Morgen über den Priester geredet haben. Er macht's nicht mehr lange.«

»Sie haben das Schiff FAHREN lassen«, rief Benton hinaus ins Nichts. Er sank zurück, die Füße folgten, er lag zusammengekauert da. Curtain beobachtete das alles.

»Es ist die Stille. Einfach die Stille rundum«, er wandte sich an Stone. »Gerade haben sie ihre Rationen bekommen. Aber es ist die verdammte Stille rundum. Ich kenn das. Gleich ist er wieder in Ordnung. Sie rasen und phantasieren, vor allem aus Angst, man kann nichts machen, sie müssen sich müde spielen. Ein Kind. Hätte auf der blöden Themse bleiben sollen.«

Seine Hände fassten nach Stones Händen. »Wir halten zusammen«, sagte er, »wir schauen uns das an, aber wir lassen uns davon nicht unterkriegen. Beim ersten Mal ist alles schrecklich, aber nur beim ersten Mal. Ich meine, hier sitzen, in diesem

Boot, warten, wachen, wundern. Vielleicht sitzt du in einem Jahr wieder in einem Boot, aber es ist niemals dasselbe.«

»Verstehe«, sagte Stone, schwieg, aber sein Blick sagte: »Ich habe Durst, habe – DURST.«

»Ich auch«, dachte Curtain. »Ich wünschte, Jennins oder Grimes wäre hier. Armer Crilley. Mir graust vor dem Gedanken, seiner Lady einen Besuch abstatten zu müssen, mir graust davor«, und die Vorstellung breitete sich aus, ergriff Besitz von ihm, er vergaß seine trockenen Lippen, wenn er an Crilley dachte, verging sein Durst. Mit der Zunge erforschte er seinen Mund, er wollte ausspucken, die Zungenspitze einspeicheln, er ließ sie durch seinen Mund fahren.

»Diese Ruhe«, sagte Stone, »ja, jetzt verstehe ich. Die Stille.«

»Am besten reden, auch Unsinn, was immer, es hilft«, sagte Curtain, »und doch bin ich überrascht, wir waren nicht besonders lange zusammen auf dem Schiff, es hätte viel schlimmer kommen können – denk daran, dann kannst du schlafen heute Nacht.«

»Letzte Nacht hast du nicht geschlafen«, sagte Stone, »ich weiß.«

»Ich kann rudern«, sagte Curtain, »und ich kann

dabei an gar nichts denken. Wenn ich das mache, bin ich nicht müde. Letzte Nacht hab ich ein paar Mal gedacht, dass wir am Ende vielleicht alle noch um unser Leben schwimmen müssen, aber dann war es doch o.k. Als der Tag anbrach, sah ich, dass der Seegang nachließ, und dann ließ der Wind nach, und ich hab mir gedacht, ›jetzt sind wir sicher, jetzt kommt die Sonne, ich weiß es‹, ich wusste es. Und genauso ist es auch gekommen«, und er schnippte mit den Fingern, »und dann hab ich mich da auf die Bank gelegt und bin eingeschlafen. Ich war mir sicher.«

»Du hast mich an der Bank festgebunden.«

»Sofort, nachdem du eingeschlafen warst. Kein Mensch hätte gemerkt, wenn du da runterrollst«, lächelnd, »wär schade gewesen um dich.«

Von Curtains Gesicht war inzwischen nur noch wenig zu sehen, alles verschwand hinter einem Dickicht von Haaren.

»Woher kommt das Zeug in deinen Haaren?«

Curtain fuhr mit der Hand zum Kopf, kratzte energisch.

»Keine Ahnung. Hab die Hoffnung aufgegeben, es rauszukriegen, und runter geht das verdammte Zeugs auch nicht«, während die andere Hand nun ebenfalls kratzte. Es juckte ihn nicht, aber die bloße

Vorstellung von Teer im Haar löste den Kratzreflex aus. Immerhin was zu tun, die Fingernägel saubermachen oder die trockene Zunge auf Erkundungsreise durch den Mund schicken, oder in den Ohren pulen.

Plötzlich sagte er: »Hör mal! Das Geräusch kenne ich gut. Stone, geh nach vorne und sieh nach, ob alles in Ordnung ist mit dem alten Knaben. Bring ihm ein Schlückchen Milch in der Dose.«

Als Stone die Riemen einholte, wurde ihm bewusst, wie müde er war. »Wie lange sind wir gerudert?«, fragte er.

»Weiß nicht, hab nicht mitgezählt«, sagte Curtain.

Als Stone mit der Dose vorbeikam, rührte Curtain den Inhalt mit der Messerklinge um.

»Er wird sagen, dass er nichts will, was so viel heißt wie, dass er es will. Gib's ihm einfach. Bleib ein bisschen bei ihm. Alles besser, als wenn Gaunt seine Lebensgeschichte erzählt. Dem alten Mann geht es doch viel zu schlecht, als dass er solches Zeug anhören mag. Komisch, dass er sich ausgerechnet den als Publikum ausgesucht hat.«

»Wir wären nicht sonderlich interessiert, würd ich sagen«, sagte Stone.

»Er könnte sich normal benehmen wie wir alle, er könnte herkommen, sich zu uns setzen, irgendwas erzählen, wenn er mag; ich glaube, er spielt gerne den Sonderling.«

Stone ging mit der Dose nach vorn und setzte sich zum Priester, der sein Kommen nicht zu bemerken schien. Sein Profil hob sich scharf ab gegen das Sonnenlicht. Stone registrierte eine neugierige Anspannung, als strebe etwas in dem alten Mann nach Erlösung. Er stellte die Dose zwischen seine Füße, lehnte sich zurück und betrachtete den Priester. Er fragte sich, was der mit solch gespannter Aufmerksamkeit betrachtete. »Ich frage mich, was er denkt?« Vielleicht hatte er etwas gesehen. Stone hatte den Eindruck, er sei kurz davor, etwas zu rufen, und dann wandte der Priester den Kopf und sah ihn an.

»Ich habe geträumt«, sagte er.

»Curtain sagt, Sie sollen das trinken. Teezeit. Einen Zwieback gibt es auch«, er tauchte ihn in die Dose.

»Sie waren wieder seekrank, ich seh es Ihnen an«, sagte Stone und starrte auf die Füße des alten Mannes. »Das kommt, weil Sie nichts essen wollen, Pater Michaels. Sie müssen was essen, hier, den Zwieback –«

Der Priester sperrte den Mund weit auf wie ein Fisch, er schüttelte den Kopf.

»Meine Zähne«, sagte er.

»Trinken Sie das. Wird Ihnen guttun.«

Eine Hand griff nach der Dose, und Stone hielt sie ihm an den Mund.

»Da«, sagte er und horchte auf den lauten Atem des anderen, auf die sabbernden Geräusche, »er ist garantiert weit über siebzig, er ist sehr alt.«

Er konnte ihm die Dose nicht an den Mund halten. Stone wurde von Ekel ergriffen, er fürchtete, der Priester könnte sich über seine Hände erbrechen, und er schämte sich für diesen Gedanken, die ganze Zeit schämte er sich, während seine Finger die Dose hielten, während er das Kinn sich heben und senken sah, die gebogene Nase, die halb verdeckt wurde vom Rand der Dose. »Wie langsam er trinkt.« Er wandte den Kopf ab, und der Ekel war verschwunden. Er dachte an Curtain, daran, wie Curtain sich um den alten Mann kümmerte, ihn fütterte, es ihm bequem machte, ihn auszog, ihn massierte, ihm das Gesicht abwischte, den schmutzigen, zitternden Mund.

»Ich bin ein verdammter Idiot«, sagte er zu sich, und die Dose fiel an Deck, ein dünnes Rinnsal weißer Flüssigkeit. Pater Michaels hatte fertig getrunken.

»Ich glaube, es geht schon besser«, sagte Pater Michaels. »Bin ich sehr krank gewesen?«

»Waren Sie, mal mehr, mal weniger, es liegt am Boot, wir waren alle seekrank, nur er nicht. Aber sehen Sie, wie schön jetzt alles ist«, sagte er mit Begeisterung in der Stimme, mit hinter dem Kopf weit ausgreifender Hand. »Curtain hatte vollkommen recht, auch wenn ich ihm zuerst nicht geglaubt habe. Jetzt sagt er, das Wetter wird noch wärmer. Er war schon früher mal in solchen Situationen. Er kennt sich aus.«

»Ich bin nicht wirklich krank, wissen Sie. Bloß erschöpft. Wenn ich lange aufs Wasser schau, werd ich müde, dann schlaf ich irgendwann ein. Ich erkenne die höhere Ordnung der Wasser, und wenn ich genau hinhorche, dann höre ich das Meer atmen, es ist so still, so still. Können Sie es hören?«

»Ja«, sagte Stone und beobachtete ungeduldige Finger über den Mund reiben, als würde der alte Mann versuchen, etwas abzuwischen, etwas, dessen er überdrüssig war, das er verabscheute. Sein zitternder Mund.

»Wo ist Gaunt, und der andere Mann? Ich hab seinen Namen vergessen«, er machte eine Pause, fügte hinzu: »Bringen Sie das in Ordnung.«

Stone zog Curtains Weste unter dem Kopf des alten Mannes hervor, schüttelte sie aus, legte sie neu zusammen, machte die Unterlage bequemer.

»Legen Sie sich flach hin, das wird Ihnen guttun.«

»Ich kann nicht. Da wird mir schwindelig. Es ist der Himmel. Manchmal schaue ich über das Boot nach hinten und es scheint sich nicht von der Stelle zu bewegen. Wo ist Gaunt? Wie heißt nochmal der junge Mann? Ich weiß seinen Namen nicht, hab vergessen, irgendwas war mit seinem Fuß.«

»Benton. Inzwischen sind beide Füße geschwollen, er kann nicht mehr gehen.«

»O je! Ich wünschte, ich könnte aufstehen. Ich sitze hier schon die ganze Zeit, lieg hier rum. Ich wünschte, es ging mir gut, ich schlaf immer wieder ein.«

»Curtain sagt, Sie gehen nach Irland, wenn wir aufgefischt werden.«

»O ja, ja, ich gehe heim nach Irland, das ist richtig. Kommt Curtain irgendwann und setzt sich ein bisschen zu mir?«

»Ja. Er ist dahinten und rudert. Sehen Sie! Er ist der Einzige von uns, der das richtig kann.«

»Ich frag mich, wie weit wir wohl gefahren sind. Meilen und Meilen und Meilen vielleicht.«

»Ich weiß es nicht. Er weiß es. Er weiß alles.«

»Er mag Gaunt nicht. Hat er mir gesagt. Aber das ist nicht richtig. Gaunt ist eine arme, schwache

Kreatur. Weiter nichts. Sie wissen von seiner Frau. Ich hab viel nachgedacht über die beiden in letzter Zeit. Es stimmt was nicht mit seinem Kopf. Ich kann mich nicht erinnern, sie auf der *Aurora* gesehen zu haben. Wahrscheinlich ertrunken. Arme Frau. Wie egoistisch die Menschen sein können. Eine kleine Welt, in der er wunschlos glücklich war. Er hat mir eine Menge von sich erzählt. Jetzt ist sie weg, und sein Geld ist weg, sein Zuhause, sein Geschäft. Alles. Ein Sohn in Kanada. Traurig, traurig.«

Stone hörte ein Geräusch und drehte sich um. Curtain hatte die Riemen eingeholt. Er saß still da, lauschte. Das ewige Laubsägegeräusch war verstummt. Er konnte sich nicht erinnern, jemals eine derart plötzliche, derart tiefe Stille erlebt zu haben. Nicht einmal das Meer schien einen Laut zu tun, das Boot glitt geschmeidig durchs Wasser, geschoben von einer achterlichen Brise. Er stand auf, sah hinab auf den bloßen Kopf des Priesters, dessen graue Haare im Wind wehten. Er würde heimkehren nach Irland.

»Und ich in die Midlands«, sagte er, stand auf und entfernte sich langsam. Er sah Curtain, der mit der Dose in der Hand dastand und die beiden Männer betrachtete. Er hörte seinen Namen, hörte jemanden rufen: »Einen Augenblick, einen Augenblick.«

»Was willst du?«, fragte Curtain.

»Er kann nicht rudern. Er kann kaum stehen«, sagte Stone und deutete auf Benton.

»Er kann auf der Bank sitzen. Ich weiß nicht, was mit ihm los sein soll. Er hat sich reichlich ausgeruht. Zwei Leute können nicht die ganze Ruderei erledigen. Gaunt, da, der auch. Alles in Ordnung mit ihm. Die beiden müssen ihre Schichten übernehmen wie wir anderen auch. Keine Schicht, keine Ration. Ich hab's ihnen gerade gesagt.«

»Ich will meine«, sagte Stone und streckte die Hand aus. »Gott! Ich hab solchen Durst –«

»Langsam trinken«, sagte Curtain, »Sie beide kommen jetzt mal in die Gänge.« Er stieß Gaunt mit dem Fuß an. »Los jetzt.«

»Ich sag doch, er kann nicht rudern«, rief Stone. »Er kann nicht, ich sag's dir.«

»Er wird rudern«, sagte Curtain. »Es geht hier um mein Leben genauso wie um ihrs.«

Er beugte sich hinab und hob Benton hoch, schleppte ihn ein Stück und setzte ihn auf die Bank, rief Stone zu: »Bleib hier bei dem Mann, sorg dafür, dass er rudert.«

Er ging zurück zu Gaunt.

»Kommen Sie«, schimpfte er, »ich hab die Nase voll von dem ganze Unfug hier.«

VII

»Du hast Angst«, sagte Curtain.

»Hab ich nicht.«

»Du hast Angst«, sagte Curtain. »Du bist ein Hosenscheißer.«

»Ich hab keine Angst«, rief Benton, »hab ich nicht.« Das Blut schoss ihm ins Gesicht, sein ganzes Wesen erbebte in Auflehnung.

»Halt den Mund. Ich hab dir gesagt, du sollst den Mann in Ruhe lassen«, sagte Curtain. »Du hast Angst, und der alte Mann hat keine. Das ist der Unterschied zwischen euch. Stone hatte auch Angst. Mal.«

Sie saßen einander gegenüber, Bentons hässlich geschwollene Füße baumelten unter ihm. Ihm war heiß, er war müde, er schwitzte, seine Arme schmerzten, er hatte Blasen an den Händen. Curtain wandte den Blick nicht von ihm ab.

»Ich hab dir gesagt, du kannst rudern«, sagte er. »Du kannst rudern. So gut wie wir alle. Das ist besser, als rumzulümmeln wie ’ne Promenadenmischung, meinst du nicht? Ich will nur das Beste für dich. Mein Weiblein ist mindestens so begeistert, wenn sie erfährt, dass ich am Leben bin, wie dein Mädchen in Somerset. Und hör auf, dir Dinge einzubilden, die gar nicht da sind. Die Leute verrückt zu machen. Gestern hab ich dich angeschaut, wie du da so gelegen hast, und ich hab bei mir gedacht: Meine Güte, wenn du über Bord gehst, wird dich kein Mensch vermissen. Der Priester gefällt mir besser als du. Und nur dass du's weißt«, und er drückte seinem Gegenüber die Schultern runter, »als ich euch Jungs da neulich vom Tampen geklaubt hab, wart ihr für mich nix weiter als ein paar tote Fische. Ich konnte nicht mal sehen, wer zum Teufel ihr wart, so dunkel war's, dann hat's meinen Kumpel erwischt, und dann, am Morgen, hab ich euch da alle gesehen, und ich hätte keinen Pfifferling auf euch gegeben, um hier die Wahrheit zu sagen.«

Benton betrachtete das Gesicht mit dem schwarzen Bart, das knochige Kinn, den geöffneten Hemdkragen, den geröteten narbenübersäten Hals.

»Du hast nicht gedacht, dass ich recht habe, stimmt's? Du hast den anderen einen Haufen Lügen erzählt, stimmt's?«

»Stimmt nicht. Ich hatte Angst«, sagte Benton.

Benton erinnerte sich sehr genau an alles, auch daran, wie er im Dunkeln den Tampen runtergerutscht, auf einem Haufen gelandet war, wie ihm schlecht wurde, wie er aufwachte, als es hell wurde, wie der Seemann dastand und sie alle musterte. Erinnerte sich, wie er nach seinem Namen gefragt wurde. Da hatte er ein wenig Angst gehabt. Er war sich vorgekommen wie ein Ertrunkener, sein Name festgehalten in einem Buch. Er konnte nicht schwimmen, er wäre ertrunken. Sein Name in der Zeitung. Tot. Er erinnerte sich, wie er, nachdem die Seekrankheit überstanden war, mit Gaunt an den Riemen gesessen hatte, die Füße eine Ewigkeit im Wasser, bleischwer, bestrebt, ihn runterzuziehen. Wie er beim Priester gesessen hatte, wie er nichts gesehen hatte als Wasser, selbst die Wolken schienen ins Boot gefallen zu sein und sie zum Kentern gebracht zu haben. Sie alle im Meer schwämmen, versuchen würden zu schwimmen, und zwischen alledem sah er ein Haus in Somerset, sein weinendes Mädchen. Er erinnerte sich, wie Gaunt beim Rudern Selbstgespräche führte, im Schlaf aufschrie. Die Platzwunde an seinem Kopf war übel, der Seemann hatte ihm einen Verband angelegt. Er erinnerte sich nicht mehr daran, wie Gaunt sagte, »Wenn wir ertrinken, dann ertrinkt er auch«, womit er Curtain meinte.

Jetzt sah er runter auf seine Füße und lachte. »Ich

habe keine Angst, ich habe keine Angst«, murmelte er wieder und wieder in sich hinein. Er fragte sich, warum seine Füße geschwollen waren, er dachte an die Wasserspeier, die er irgendwann einmal außen an einer Kirche in Somerset gesehen hatte. Ganz plötzlich glitten ihm die Riemen aus den Händen. Er war in Somerset.

Er lag in einem blauen Bett in einem kleinen Zimmer mit niedriger Decke. Es war kühl. Die Vorhänge bewegten sich, wenn der Wind durch die Bäume strich. Er starrte an die Decke. Sie war ganz nackt, weiß wie die Wände. Alles war still, er hörte nichts außer der Stimme seiner Mutter, die im unteren Stockwerk davon erzählte, dass er Angst vor Kakerlaken habe. Dann hörte er seinen Vater lachen.

»So idiotisch, Angst vor Kakerlaken«, sagte sein Vater und lachte wieder. Er starrte an die Decke. Er schloss die Augen, öffnete sie blitzschnell wieder, als wolle er die Decke bei etwas ertappen. Aber sie war immer noch da, hatte sich nicht gerührt, war noch immer weiß. Er sah das Weiß verschwinden, als der Abend kam, sah es hinüberwechseln in ein Grau, dann ein Schwarz. Er wälzte sich unruhig im Bett, hörte sie immer noch lachen über seine Angst vor Kakerlaken. Er starrte wieder, doch konnte er niemanden mehr lachen hören. Sie waren ausgegangen. Er fragte sich, wohin, und ließ den Blick schweifen, um zu prüfen, ob sie vielleicht die ganze Zeit im Zimmer waren, ohne dass er es bemerkt hatte, ihn ausspionierten, beobachteten, jederzeit bereit, über ihn herzufallen, ihm mitten ins Gesicht zu lachen und ihm zu sagen, er solle doch kein Idiot sein. Kakerlaken waren vollkommen harmlos. Sie würden nicht an der Decke herumknabbern, sich nicht auf ihn herabfallen lassen und ihm nach dem Leben trachten. Ein- oder zweimal wandte er den Kopf, um sicher zu sein, dass sie nicht da waren. Schnell sah er hinauf zur Decke, weil er plötzlich fürchtete, sie könnte sich bewegen. Er wollte, dass sie nichts weiter war als ganz still und kühl und weiß, so dass, wenn er sie lange genug angeschaut hatte, die Weiße sich herabsenken würde auf ihn und er einschlafen könnte. Er mochte es, auf diese Art einzuschlafen, in den Schlaf gedrückt von der Weiße über seinem Kopf. Einmal meinte er, sie würde sich bewegen, wabern, etwas Großes und Weißes und Flaches.

Vielleicht kroch irgendetwas über diese Weiße, ein Käfer, eine Kakerlake. Sie war ein Schlachtfeld ohne Soldaten, sauber und weiß, wie eine Ebene, bevor die Kanonen abgefeuert wurden und die Soldaten aufeinander losstürmten, und es lag Stille in der Luft, keine Schreie von Verwundeten waren zu hören. Er fuhr fort, die Augen zu öffnen und zu schließen. Er war sicher, dass seine Mutter und sein Vater ausgegangen waren. Allerdings war es sonderbar, dass sie ihm nichts gesagt hatten, und in Gedanken rief er: »Seid ihr ausgegangen?«

Wieder bewegte sich der Vorhang, und er drehte sich blitzschnell um und sah hinüber. Angenommen, die Kakerlaken kamen am Vorhang herunter, liefen über die Wände und gelangten so zur Decke. Er läge da, verschwitzt und verängstigt, eine könnte herunterfallen, in seine Pyjamajacke schlittern. Er begann zu rufen, seine Stimme kreiste durchs Zimmer, vertrieb die Stille, kam zu ihm zurück: »Psst! Psst!«

Er horchte. Er meinte, sie kämen bereits am Vorhang herunter.

»Warum hast du solche Angst vor denen?«, fragte sein Vater. »Sind bloß Insekten.«

»Ich spür sie auf meinem Gesicht«, sagte er. »Sobald ich eine sehe, spür ich sie auf dem Gesicht, ehrlich«, ein Rasen im Kopf, »auf dem Gesicht, auf dem Gesicht.«

»Du bist ein kleiner Dummkopf«, sagte sein Vater. »Eine Kakerlake ist bloß ein Ding«, sagte sein

Vater, zog ihm die Laken über die Schultern hoch, stopfte sie um den Hals fest. »Dir wird kalt.«

Er dachte an all so was, während er hinauf zur Decke sah, die kühl war, herrlich weiß. Ein Käfer wäre dort ein Makel, wie ein matschiger Stiefel, der alles beschmierte. Er musste die Sache im Auge behalten, wenn er da oben einen Käfer sah, würde er seine Mutter von unten rufen.

Er hielt Wache, lag verspannt im Bett, meinte, etwas würde sich an der Decke bewegen, dann wölbten sich wieder die Vorhänge nach innen, machten ein geschwind weich raschelndes Geräusch, und das Geräusch lief quer über die Decke, er hörte es laufen, er meinte, auch einen Schatten huschen zu sehen.

Er schloss die Augen, sprach sein Gebet, und danach sagte er zehn Mal langsam, zehn Mal schnell: »Nichts ist an der Decke, nichts ist an der Decke.«

Er schloss die Augen, er öffnete sie. Etwas bewegte sich. Ein Rasen im Kopf, Worte fielen übereinander her, lagen überall verstreut, verschwanden, er sprang ihnen nach, erwischte sie. Seine Lippen bewegten sich schnell: »Nichts ist an der Decke, nichts da.«

Es bewegte sich. Klein, schwarz, bewegte sich, in der Mitte quoll es auf, dehnte sich, die Beine ausgestreckt, es krabbelte. »Mutter«, rief er, »eine Kakerlake – schnell!«

Langsam zog er unter dem Laken die Beine an, presste die Knie gegen den Bauch, spürte die Wärme seines Bauches an den Knien, die Hände waren kalt. Er hasste sie, sie machten ihn wahnsinnig, er konnte ihren Anblick nicht ertragen. Es krabbelte, schmierig breitete es sich aus, es quoll, quoll weiter auf, es konnte jeden Moment platzen. Er schloss die Augen, zog sich das Laken über den Kopf, schrie im Stillen: »Hau ab! Nichts ist an der Decke, nichts ist an der Decke, Mutter! Mutter!«

Wörter purzelten, kullerten herum, hierhin, dorthin, er bekam sie nicht zu fassen, seine Lippen bewegten sich schnell, ohne dass er etwas sagte. Sein Gesicht glühte, die Haare bewegten sich auf seinem Kopf, vielleicht war es der Wind. Er setzte sich auf, kratzte sich am Kopf. Es war ihm auf den Kopf gefallen. Er wollte schreien – er bekam den Mund nicht auf. Er wollte nach oben sehen; er riss sich das Laken vom Kopf. Im Zimmer war es heiß, es schrumpfte um ihn herum, die Decke bebte. »Nichts ist an der Decke, Dummi«, sagte er, »eine Kakerlake ist bloß ein Insekt, von Gott geschaffen – aber das ist dämlich.«

Die Kakerlake dehnte sich, wuchs, er konnte ihren Kopf erkennen, die Augen grün, viele Beine ragten ihr aus dem Leib. Sie kletterte. Sie meinte, eine Wand hinaufzukrabbeln. Das Bett knarrte – er zitterte. »Mutter! Mutter!«

»Mit sieben darfst du nicht mehr so ein dummer Junge sein. Wenn eine Eule hier reingeflogen käme und sich auf dein Kopfkissen setzen würde, dann hättest du Grund zur Angst. Schlaf jetzt.«

Sie gab ihm einen Kuss, ihr Mund fühlte sich an wie Eis. Die Tür fiel ins Schloss. Er versteckte sich unter den Laken. Er hörte, wie sich die Kakerlake bewegte. »Langsam bis zehn zählen, schnell bis zehn zählen, dann schlafen. Die Kakerlake ist nicht da, ist nicht da! Da! DA!«, den Blick nach oben auf sie gerichtet. Inzwischen bedeckte sie die halbe Decke. Ihr Körper schwoll an und ab, er sah den Atem aus ihrem Mund kommen, wie im Winter, wenn der Schnee alles verschluckte, und die Decke strahlte in ihrer ganz eigenen Weiße. Die Kakerlake sprach. Sie hatte eine Zunge. Sie sprach. »Größer, größer«, sagte sie.

Er lag ganz ruhig da; er spürte das Blut durch seine Adern schießen. Mit dem schwarzen Ding an der Decke wurde es dunkler im Zimmer. Es atmete Dunkelheit an die weißen Wände. Es sah die Wände an. Es sagte: »Ich komme runter, runter.«

»RUNTER! RUNTER! Mutter! Dad, hier ist 'ne Kakerlake an der Decke. Ich hab Angst, Angst.«

Unten schlug eine Tür, fiel ins Schloss: Er musste an Zähne denken, die zuschnappten, oben an der Decke. Die Kakerlake hatte sich gedreht, ihr Kopf hing herab. Sie sah ihn an. Sie sah durch die weißen Laken hindurch. Sah ihn. »Komme runter, runter.«

Er schwitzte die Laken nass, er fasste den Kragen seines Pyjamas, zog ihn fest um den Hals zusammen, er würde sie sich vom Leib halten. »Sie kommt runter.«

Die Kakerlake lief. Ihre hundert Beine streckten sich, scharrten, klammerten sich fest. Ihre Schwärze breitete sich aus. Er konnte die Decke nicht mehr sehen, sie war nicht mehr da. »Langsam bis zehn zählen, dann schnell bis zehn zählen, Augen schließen, wieder öffnen, und sie ist weg.«

Er öffnete langsam die Augen, die Hände krallten sich ins Laken, zitterten, seine Haare kamen unter dem Laken zum Vorschein, seine Stirn, dann auch die Augen, starr vor Angst, fiebrig leuchtend, blasses Gesicht. »Mutter! Mutter!«

Wollte springen, sprang nicht, wollte schreien, die Kehle zugeschnürt, wollte auf dem Bett tanzen und lag ganz still, weggeduckt, ängstlich – die Kakerlake sah ihn an, mit halb geschlossenen Augen, schläfrig, erschöpft nach der Überquerung der Decke.

»Die Decke ist nicht mehr da, Dad – Dad!«

»Der Junge ist wirklich ungezogen«, sagte sein Vater. »Der will wohl eine Portion Lakritz.«

»Langsam bis zehn zählen, schnell bis zehn zählen, nichts an der Decke, nichts an der Decke.« Die trägen Worte fielen herab, türmten sich in seinem Kopf. Die Kakerlake fiel herab und machte dabei ein Geräusch wie rauschender Wind. Er sah nicht zur Decke, er lauschte, sie krabbelte, hundert krabbelnde Beine. Sie würde den Bettpfosten raufkrabbeln, auf das Laken fallen, auf sein Gesicht krabbeln, ihn ersticken. Er lag ganz still da vor schierem Entsetzen, festgekrallt ins Laken, sein Herz klopfte. Er hatte Angst vor Kakerlaken. Ihm wurde übel von ihnen. In der Schule rannte er aus der Klasse, fünf Mal an einem Morgen musste er zur Toilette.

Die Kakerlake setzte sich auf, verschränkte ihre hundert Beine, sah ihn an. »Ich komme!«, sagte die Kakerlake. »Ich komme.«

Er hörte sie sprechen. Dinge konnten nicht sprechen. Das hatte ihm sein Vater gesagt. Die Kakerlake sprach. Und dann fiel sie herab. Das Bett erbebte, in seinen Ohren ein donnerndes Getöse.

Seine Augen waren weit offen, er konnte sie jetzt nicht mehr schließen.

Die Kakerlake war so groß wie das Bett. Sie bewegte sich wie eine Schlange, in Wellen, wie ein Wurm, sie wand und schlängelte sich, ihr Fleisch blau und grau, wie der Fisch, den er seinen Vater einmal aus dem Fluss hatte ziehen sehen. Ihr Rücken wölbte sich hoch empor, berührte die Decke, aus ihren Nüstern stiegen zwei wolkige Luftsäulen empor, sie hoben sich deutlich von der Decke ab, die immer noch weiß war. Die Schwärze war verschwunden. Die Vorhänge hingen ruhig da – es wurde jetzt dunkler. Sie hob sich auf einen Fuß – sie hob sich auf den anderen. Sie war schwer, schwer wie Blei, sie wurde größer und größer. Bald würde sie das ganze Zimmer ausfüllen.

Die Kakerlake roch nach Garnelen, wie er sie einmal am Strand gesammelt hatte; sie roch nach Meer. »Schnell bis zehn, langsam bis zehn, los – los.«

Er hatte sich im Bett aufgesetzt. Die Kakerlake war unter ihm, das fühlte er. Sie stemmte sich empor, er saß auf ihrem Rücken, sie krabbelte über das Bett, sie flog hinauf zur Decke, dort hing sie, er wurde zerdrückt, der strenge Geruch ihrer blauen Haut stieg ihm in die Nase, seine Hände stemmten sich gegen die Decke, wieder dieses Rasen im Kopf. »Schnell bis zehn zählen, sie wird verschwinden. Langsam bis zehn zählen, sie wird fallen.« Sein Bett war nicht da, er konnte es nicht sehen. Die Kakerlake bewegte sich Richtung Fenster – er saß auf ihrem Rücken, klammerte sich fest, rief: »Dad, Dad, Mutter!«

Die Kakerlake fiel, und Wasser spritzte auf. Der Riemen traf Benton mitten in den Mund. Die Kakerlake bewegte sich im Wasser. Er rief: »Ein U-Boot, ein U-Boot.« Er war vom Wasser durchnässt. »U-Boot, U-Boot«, rief er und wischte sich übers Gesicht. »Schnell, schnell, Curtain! Curtain! U-Boot«, und er sprang von der Bank hoch, taumelte mit geschwollenen Füßen in Richtung jener Hände, die bereits nach ihm griffen.

»Ganz ruhig, mein Junge! Ganz ruhig! Du hast geträumt. Das ist kein U-Boot, das ist ein Wal, hab ihn gerade selbst erst entdeckt.«

Er legte Benton einen Arm um den Hals und zog ihn an sich. Er spürte, wie Benton zitterte. »Ganz schöner Schock, hab ich recht? Sie haben eine gewisse Ähnlichkeit. Aber sieh genau hin«, sagte er, »sieh hin«, und er deutete mit dem Finger querab. »Wunderschön«, sagte er. »Es ist wunderschön, Walen zuzuschauen – wie Kinder. Er spielt, sieh mal! Schau, die Fontäne, die aus seinem Blasloch schießt, hoch in die Luft. Du hast noch nie einen Wal gesehen – dann setz dich hier neben mich und schau einfach zu. Das ist kein U-Boot. Ein U-Boot kann nicht spielen. So jedenfalls nicht. Gaunt, Stone, wacht auf, dahinten. Kommt und schaut euch den Wal an – kommt und schaut euch den Wal an. Sagt auch dem Priester Bescheid, hier ist ein Wal, ein Wal«, in der Stimme eine geradezu kindliche Begeisterung.

Gaunt und Stone drängten sich an ihm vorbei, standen nebeneinander, die Hand auf der Schulter des anderen.

»Großer Gott!«, sagte Stone. »Sehen Sie sich das an, Gaunt.«

»Ein Wal«, sagte Gaunt, »ein Wal. Ich hab jemanden U-Boot rufen hören. Hab echt Angst gekriegt.«

Er sank nieder und zog Stone mit sich.

»Pater Michaels!«, rief Curtain. »Pater Michaels!«

Der Alte drehte den Kopf.

»Wal, Wal!«, rief Curtain und gestikulierte wild herum, aber der Priester wusste nicht, was gemeint war, starrte ihn an, verständnislos. »Wal«, sagte ihm sein Gehirn, langsam, unsicher. »Wal, Wal.«

»Da drüben! Schauen Sie!«, und Curtain sprang

auf, ließ Benton allein und lief nach vorne und setzte sich neben den Priester.

»Ein gutes Zeichen«, sagte Curtain, »ein gutes Zeichen. Noch nie einen Wal gesehen. Pater Michaels. Sehen Sie. Sehen Sie ihn?«, die Hand auf dem Rücken des Priesters, hob ihn ein wenig empor, die alten Augen Ausschau haltend, nach dem Wal Ausschau haltend.

»Das Ding, das sich da bewegt«, sagte Pater Michaels und war plötzlich außer Atem, »das …«

»Genau«, sagte Curtain. »Meine kleine Tochter fragt mich jedes Mal, ob ich einen Wal gesehen habe, und ich sag, haufenweise. Sehen Sie, wie er im Wasser spielt, Pater«, sagte Curtain mit lauter Stimme, als fürchte er, der Priester könnte ihn nicht hören. »Genau wie glückliche Kinder. Und der gute Benton hat mir einen ganz schönen Schrecken eingejagt, als er plötzlich rief, U-Boot, U-Boot. Schätze, er hat geträumt oder so.«

Sie schauten, und die Spannung schwand. Sie vergaßen, Sorgen wichen, das Wasser lächelte sie an – sie waren ruhig, schauten. Der Wal tauchte unter, tauchte auf, tanzte auf lächelndem Wasser.

VIII

Unter ihren Augen wuchs die Gestalt, stieg auf aus dem Wasser; die Wildnis war gebrochen von einem Wal, die Stille war ausgelöscht, der Wal schleuderte das Wasser hoch in die Luft, er kam näher heran.

»Wunderschön!«, sagte der alte Mann, »wunderschön!« – Faszination wandelte sich in Angst. »Wird er unser Boot versenken?«

»Nein! Keine Sorge.« Curtains Worte wie Sicherungstaue, um Pater Michaels zu halten. »Er könnte, wenn er einen Anlass hätte, aber die tun niemandem was, und ich glaube nicht, dass er uns was tun wird. Er mag Boote ebenso wenig wie Menschen. Das Meer gehört dem Wal, es hat ihm am Anfang gehört, und es wird ihm am Ende gehören«, sagte Curtain und merkte nichts von den Schatten, die Pater Michaels' Gedanken verfinsterten – Jonas regte sich dort in der Tiefe, unter dem Staub zahlloser Buchseiten, unter Bergen von Wörtern.

»Seeleute freuen sich immer, wenn sie einen Wal sichten. Einige sagen, sie bringen Unglück, aber ich bin nicht der Meinung. Sie werden sehen – morgen werden wir was anderes sichten«, und er begann zu lachen, als wären die anderen im Boot gar nicht da, nur der alte Priester, der zu dem gewaltigen Wal hinüberstarrte wie ein Kind.

Es war, als fiele Licht in einen dunklen Raum, als erhöbe sich in der Wüste plötzlich ein Haus, als bräche eine Welt hervor, die das Meer bevölkerte und ihnen Wärme in ihr kleines Boot schickte. Es war wie die Sonne nach einem Jahr der Dunkelheit, wie Gras und Blumen nach endlosen schwarzen Äckern. Der Durst war geschwunden – der Hunger geschwunden – aller Zwist geschwunden – derweil der Wal abtauchte und auftauchte, in die Höhe schnellte und sich herumwarf, das Wasser zum Schäumen brachte, weiter emportänzelte, höher, und das Geräusch sprach zu ihnen wie Stimmen.

Es war nicht der Wal, der Curtains Gedanken beherrschte. Es war ein einzelner Vogel, der mit den Flügeln schlug, nicht abwarten konnte, endlich frei zu sein. Ein Vogel, der über die Weiten des Meeres flog, hoch oben, der über ihrem kleinen Boot in der Luft stand. Er brachte den Duft von Erde in seine Nase, in den Händen spürte er bereits das Berühren vertrauter Dinge. Der Vogel ließ ihn hoffen, ließ ihn alles vergessen, was geschehen war, Misstrauen und Starrsinn, Ekel und Ungeduld versanken im Nichts. Nur an diesen einzigen Vogel dachte er: Er stellte sich vor, wie er von einem hohen Klippenrand abhob, weit hinaus flog aufs Meer, kreiste und trudelte, dahinschoss und dahinglitt – ein einzelner Vogel – im Gedanken an diesen Vogel packte er für einen Augenblick Pater Michaels fest am Arm.

Sie saßen da, sprachen aber kein Wort – schauten nur – ihre Augen konnten sich nicht sattsehen, Augen, die seit Stunden, seit Tagen nichts gesehen hatten als die Leere, den teilnahmslosen Himmel, die Monotonie des mal träge, mal rasant sich bewegenden Wassers.

»Mein Gott! Er kommt auf uns zu«, sagte Stone, »er kann mit einem Flossenschlag das Boot versenken.« Er drehte sich zu Curtain, der sich nicht rührte, bloß schaute, zusammen mit dem Priester.

»Alles gut, er tut uns nichts. Schau ihn dir nochmal genau an, bevor er verschwindet«, rief Curtain, und Pater Michaels sagte ihm ins Ohr, wie wunderbar das alles für ihn sei, da er von solchen Dingen nur vom Hörensagen wusste, aus Büchern und Predigten.

»Jonas und der Wal«, sagte der Priester, »das ist es, woran ich denke. Aber was für eine gewaltige Kreatur.«

»Ja, eine Art Seeelefant.« Hinter ihm der Ruf: »Wie finden Sie den Wal, Gaunt?«

»Er ist umwerfend«, sagte Gaunt, »so ganz nah dran.«

Benton war wieder auf seinem Platz und dachte: »Hab ich geträumt, oder was?« Er sah um sich, als sei er soeben von einem langen Schlaf erwacht. »Und ich hab ihn als Erster gesehen. Komisch – ich muss geträumt haben – ich dachte, es wäre eine Kakerlake«, er lachte in sich hinein. »Mutter und Dad in Lebensgröße: wie sie mich als Kind wegen der Kakerlaken aufgezogen und getriezt haben. Ich schätze, ich hatte Angst. Ich hab geträumt«, klopfte sich aufs Knie und nahm gar nicht wahr, dass der Riemen verschwunden war, mitgerissen von den rasch vorbeiströmenden Fluten. »Ich hab geträumt, ich wäre in meinem kleinen Zimmer oben unterm Dach.« Auch dachte er an sein Mädchen.

Curtain kam nach hinten und setzte sich neben ihn. Er begriff sofort, was passiert war. »Meine Güte! Benton«, sagte er, »was hast du mit dem Riemen gemacht?«

»Riemen? Riemen!«, sagte Benton, während ihm sein Mädchen durch den Kopf tänzelte. »Riemen!«

»Er ist weg«, sagte Curtain, und Benton sah auf – sein Mädchen weg, verschwunden aus seinen Gedanken, als hätten die Worte des Mannes sie vertrieben. »Er ist weg. Verflucht, weg, weg«, und Benton schaute umher, ein bisschen verzweifelt, ein bisschen ängstlich ob des Tons in Curtains Stimme, der Wal war vergessen.

»Der Riemen! Hast du gepennt, oder was? Wie zum Teufel konntest du das Ding verlieren? Ein Riemen über Bord ist wie ein Mann über Bord. Wenn wir reichlich von den Dingern hätten, wär's mir egal, aber natürlich fehlen die wichtigen Sachen auf einem Boot immer dann, wenn man verdammt in der Klemme steckt wie wir.«

»Es tut mir furchtbar leid, es tut mir wirklich leid, Curtain«, sagte Benton. Das Gesicht brennend vor Scham – er konnte kaum in die Richtung des Mannes schauen. »Er muss rausgerutscht sein; ich kann mich an nichts erinnern. Ich kann mich nicht daran erinnern, dass ich ihn verloren hab. Ich bin gerudert, und dann hab ich den Wal gesehen – ich meine, ich dachte, es wär ein U-Boot. Ich hab ihn als Erster gesehen.«

Was sollten sie jetzt machen? Curtain sagte kein Wort, aber sein Gesichtsausdruck sagte alles.

»Ich bin aufgesprungen. Ich war aufgeregt, meine Güte. Es tut mir leid«, sagte er, die Hände gefaltet auf den Knien wie jemand, der im Begriff ist, zum

Gebet niederzuknien, einen dümmlichen Ausdruck auf dem Gesicht.

»Kann man nichts machen«, sagte Curtain, »kann man nichts machen, aber es bedeutet, dass wir statt vier nur noch drei Riemen haben. Na dann!«

»Seht mal da!« Es war Gaunt, der da rief. »Der Wal, dieser verfluchte Wal!«

»Er tut uns nichts«, rief Curtain. »Ich hab's euch doch schon gesagt. Keine Sorge. Bleibt einfach sitzen und seht ihm beim Spielen zu – ihr werdet nicht so bald wieder einen solchen Wal zu Gesicht kriegen, wenn überhaupt. Stone, komm her.«

»Irgendwas los?«

»Ja, 'ne Menge – fast so schlimm, als wenn der Wal uns gerammt hätte. Benton hat den Riemen verloren. Wir haben nur noch drei. Was jetzt?«

Stone sah von einem zum anderen. »Verflucht!«, sagte er. »Verflucht!«

»Es ist ein Bulle«, sagte Curtain. »Ja, ganz sicher, es ist ein Bulle.«

»Wie weit ist er weg, wie weit ungefähr?«, fragte Stone.

»Eine Meile – bisschen mehr«, sagte Curtain.

Er stieg langsam empor im Sonnenlicht, sank hinab in tiefe Abgründe, und das Meer brodelte.

Er drehte sich, sein Umfang schrumpfte, er blies. Die Wasserfontänen schossen ins Licht, fielen in sich zusammen wie ein Feuer, und dann war der Wal verschwunden. Sie sahen ihn nicht mehr. Suchende Blicke tasteten die Wasseroberfläche ab.

»Er ist weg.«

»Nein, ist er nicht, da ist er – schau!«

Hände deuteten. »Da drüben.«

Aber sie sahen nichts, nur einen Flecken aufgewühltes Wasser, und dann bewegte sich sein Schwanz, behäbig. Er stieg wieder empor, trug den Ozean auf dem Rücken. Der ihn überflutete. Von ihm herabströmte, wieder verschwand er.

»So spielen sie immer«, sagte Curtain. »Ihr werdet sehen, bald wird er hinter uns wieder auftauchen.«

Sie warteten. Das Boot schaukelte. Niemand ruderte – niemand scherte sich drum –, es gab einen Wal zu beobachten, dessen Größe alle verblüffte, alle außer Curtain, der mit ruhiger Stimme sagte, »Aber wir können hier nicht einfach so rumdümpeln«, und er ging und packte ein Paar Riemen.

»Er wird gleich hinter uns auftauchen«, sagte er und sah Bentons sorgenvollen Blick, der fürchtete, er könne das Boot geradewegs in Richtung Wal rudern. »Mach dir keine Sorgen seinetwegen, sieh ihm einfach beim Spielen zu.« – »Das bringt sie auf andere Gedanken«, dachte er, »und einzig darauf kommt es an, sie auf andere Gedanken bringen.«

Er ruderte jetzt kraftvoll, wie ein Mann, der ausgeruht ist nach einer üppigen Mahlzeit, mit klarem Kopf. Sie hatten ihm den Rücken zugewandt, sie standen oder saßen, Stone und Gaunt flüsterten miteinander.

»Wenn das ein Schiff gewesen wär, meine Güte …«, hörte er Gaunt sagen.

Der Wal war inzwischen bei ihrem Heck aufgetaucht; er schien den Männern, die ihn beobachteten, auf doppelte Größe angewachsen zu sein. Er war riesig. Er tauchte, er schwamm, er rollte, er drehte sich, der Schwanz tauchte aus dem Wasser auf, wurde vom Sonnenlicht erfasst, ein gewaltiger Propeller. Manchmal blies er, als trüge er den Sonnenball auf dem Rücken.

»Kann er auch brüllen?«, fragte Gaunt.

»Weiß nicht, wäre schon schön«, sagte Stone.

Und Curtain ruderte weg von dem Wal, ohne darüber nachzudenken, er dachte an den verlorenen Riemen. »Dumm gelaufen«, sagte er, »verdammt dumm gelaufen.«

Pater Michaels hielt Ausschau, die Hand schützend über den Augen, Ausschau nach dem Wal, doch Jonas war wieder hinabgesunken in die Tiefen seiner Gedanken, bedeckt vom Staub der Predigten, von vielen tausend Wörtern. Er hielt Ausschau nach einem Berg, den das Meer mit sich fortgerissen hatte, der verloren war, der sich durch die Tiefen der See wälzte, wieder an die Oberfläche kam, hervorbrach, sich emporwarf, weite, weite Kreise zog, und er dachte an die Einsamkeit, an große Höhen, große Tiefen, und irgendwann fragte er sich, was seine Augen wohl erblicken würden, wenn diese Wasser sich teilten. Er legte die andere Hand über die Augen, die Sonne brannte auf sie herab, er folgte jeder Bewegung dieses sonderbaren Meereswesens. Er stellte es sich als eine verlorene Seele vor, immer auf der Wanderschaft, immer allein. Er fragte sich, was seine Augen wohl erblickten unter der Oberfläche. Die Wasserfontänen faszinierten ihn; er beobachtete den Wal mit halb geöffnetem Mund. Manchmal schien er mit großer Geschwindigkeit vorwärts zu schießen, als sei er unterwegs zu einem bestimmten Ziel, doch wusste er, dass es im Ozean keine bestimmten Ziele gab – der Ozean war nichts als ein gewaltiges Kreisen von Wassern, Wassern, deren höhere Ordnung sich niemals wandelte – Wassern, die nie ermüdeten, niemals ruhten. Der Wal lebte in diesen Wassern, umgeben von Wänden der Stille.

Benton, Gaunt und Stone waren nach hinten gegangen, um ihn zu beobachten. Er spielte immer noch in Sichtweite, und sie setzten sich nebeneinander hin, ohne sich anzuschauen, ohne etwas zu sagen, sie folgten lediglich mit ihren Blicken den Bewegungen des grauen, dann fischblauen Aufruhrs im Meer. Die Sonne blitzte auf seinem Rücken, Wasser strömte darüber, fiel herab wie ein Wasserfall, seine gewaltige Schwanzflosse schien in der Luft zu kreisen. Der massige Körper wälzte sich langsam, der große Kopf kam zum Vorschein. Fasziniert versuchten sie, das Maul zu entdecken, doch was sie sahen waren Schaumgestöber, aufgepeitschtes Wasser, sich auftürmende und sich überschlagende Wellen, die in sich zusammenfielen, sich teilendes Wasser, den Wal, der im Wellental versank. Sie vergaßen, dass sie im Boot saßen, vergaßen den rudernden Curtain, vergaßen den gestrigen Tag und den Tag davor, als wären Türen in ihrem Kopf mit einem Male zugefallen.

Der Wal war jetzt weiter weg, sein Rücken eine schmale Lichtlinie, dann war er verschwunden. Sie hielten weiter Ausschau, nichts rührte sich. Die aufgewühlten Fluten beruhigten sich; die Oberfläche schillerte im Sonnenlicht, aber das Wasser wurde nicht von neuem emporgepeitscht. Alles war still, wie eh und je. Doch ihre Augen ermüdeten nicht, sie hielten weiter Ausschau, konzentrierten sich mal auf diesen Streifen Wasser, mal auf jenen, doch vergeblich, und dann drang allmählich ein Geräusch an ihr Ohr, das nicht das Geräusch der zurückfallenden Fontänen war, sondern das langsame monotone Geräusch, das Curtains Riemen erzeugten. Und wie ein Mann wendeten sie die Köpfe, schauten in seine Richtung, sahen seinen breiten Rücken, aufrecht, die Arme weit ausgebreitet, die Hände verdeckt.

»Er rudert«, sagte Gaunt.

»Ja«, sagte Benton. »Wir kommen vorwärts«, als wäre der Anblick eines einzelnen Mannes, der auf einen Horizont zuruderte, der im Licht flimmerte, ein reines Wunder.

Sie saßen da und schauten ihm lange zu, als gewahrten sie eine Überraschung. Curtain, ein Fremder, plötzlich bei ihnen im Boot.

Es war das Geräusch der Riemen in den Dollen, das einbrach in die Welt des Wals. Und Gaunt schien es, als hätte Curtain dort schon immer gesessen, gerudert und gerudert, ein Unsterblicher, der über das Meer pullte, das keinen Anfang und kein Ende hatte.

»Er hat die ganze Zeit gerudert«, sagte Gaunt.

»'türlich hat er das; mein Gott, wir müssen vorankommen, oder etwa nicht?«, rief Benton.

»Genau, wir müssen vorankommen. Hatte ich vergessen. Ich war in Gedanken bei dem Wal. Stell dir vor, wie er schwimmt, die ganze Zeit schwimmt, nie aufhört, bei Licht, in der Dunkelheit …«

»Stone!«, rief Curtain. »Stone!«

Und damit endete eine Stunde, die voller Licht gewesen war.

»Stone! Komm her. Hörst du nicht, dass ich dich rufe?«, schimpfte Curtain.

Als Stone ging, sagte Benton: »Ich hab den Riemen verloren«, und sah Gaunt an.

»Den Riemen?«

»Ja. Curtain hat mich verflucht, aber ich konnte nichts dafür. Ich hab den Wal gesehen, als Erster«, Stolz in der Stimme, »und ich hab mich zu Tode erschrocken. Ich hab ihn in ziemlichem Abstand gesehen und hab gedacht, das ist ein U-Boot.«

»Ein U-Boot«, sagte Gaunt. »Du hast ja eine blühende Phantasie, Benton.«

»Aber es war keins, wie sich gezeigt hat, bloß ein blöder Wal«, sagte Benton und lachte. »Aber er ist sauer auf mich. Er hat gesagt, es ist ihm lieber, dass ein Mann über Bord geht als ein Riemen.«

»Das hat er gesagt?« Gaunt fasste Benton am Ärmel.

»Nicht ganz, ich meine, na ja, er hat gesagt, es wäre ungefähr so schlimm, wie wenn ein Mann über Bord geht.« Benton stemmte sich hoch, entfernte sich langsam, ließ Gaunt einfach stehen, dem seine letzten Worte im Kopf herumgingen. Sie waren wie Leitersprossen, auf die er steigen konnte, um Curtain von oben ins Gehirn zu blicken.

»Wie konnte jemand so was bloß sagen, lieber einen Mann verlieren als einen Riemen.«

Er stieg langsam durchs Boot nach vorne, vorbei am rudernden Curtain, vorbei an Benton und Stone, und setzte sich zum Priester. Curtain beachtete ihn kaum; er sprach mit Stone. Hinter ihnen saß Benton, der nur an eines dachte – an den verlorenen Riemen.

»Hattest du Angst, als Benton so geschrien hat?«, fragte Curtain leise in Stones Ohr.

»Ja, ich geb's zu. Ich dachte, es wär ein U-Boot.«

»Und dabei war es nur ein harmloser verspielter Wal«, sagte Curtain immer noch flüsternd, da er Benton hinter sich wusste. »Ich sag dir was, Stone.

Ich sag's nur dir, weil du vernünftig bist und ich mich auf dich verlassen kann. Als ich den Wal gesehen hab, hab ich Hoffnung geschöpft. Ich hab mir gesagt, ›Ein Wal, was fällt mir dazu ein?‹ Dazu fällt mir ein Vogel ein. Ich hab mir gesagt, ›kein Zweifel, bald sehen wir einen Vogel – ganz egal, was für einen Vogel –, einen Vogel halt, und er kommt aus dem Himmel herabgeschossen und kreist über unserem Boot‹, und das bedeutet Land, Stone, Land. Verstehst du?«

Stone packte Curtain beim Ärmel. »Land«, sagte er. »Land«, rasch, und das Wort begann sich in seinem Kopf auszubreiten. »Land!«, sagte er. »Land.«

»Ja, aber um Himmels willen nicht so laut, bitte«, sagte Curtain.

»Du meinst tatsächlich Land«, sagte Stone, nun sehr erregt. Sein einer Fuß tappte rhythmisch auf den Bodenbrettern – in seinem Kopf rief es: »Land, Land.«

»Wenn du den ersten Vogel siehst, dann weißt du, dass alles bald gut wird. Schau dir den verdammten Ozean an, nichts als Wasser, wabernd, tosend, richtungslos überallhin, nirgendwohin. Stell dir einen Vogel vor, sofort ist alles anders. Die Dinge nehmen Form an, bekommen Bedeutung. Verstehst du? Du bewegst dich auf Land zu.«

»Mein Gott«, sagte Stone flüsternd und starrte Curtain an, den er im Profil sah, beobachtete seinen Blick und fragte sich, ob der Seemann nicht genau jetzt, in diesem Moment, am Himmel Ausschau hielt nach dem Vogel. »Vogel, Vogel«, sagte er schnell vor sich hin, »Vogel – Land.« Er stützte sich auf Curtain, die Worte platzten aus ihm heraus: »Wir könnten also ein Schiff sichten?«

Curtain nickte, schwieg einen Augenblick. »Könnten alles Mögliche sehen«, sagte er und presste seinen Fuß auf Stones Zeh, wie um ihm Halt zu geben, da Stones Erregung wuchs – sie durfte nicht hervorbrechen. Er musste Rücksicht auf die anderen nehmen. Er sprach wieder. »Das sind bloß so Gedanken«, sagte er. »Ich will es den anderen noch nicht erzählen, das steigt ihnen nur zu Kopf. Ich will sie um keinen Preis weiter aufregen. Ich muss auch an morgen denken.«

»Morgen?«, fragte Stone. »Morgen?«

»Ja. Morgen werden wir wieder ein bisschen weniger Wasser haben, der Zwieback ist hart wie immer, wer will, kann zwei haben. Erzähl den anderen nichts von dem, worüber wir gerade gesprochen haben. Die drehen bei der kleinsten Kleinigkeit durch«, und dann so leise, dass sich Stone tief zu ihm herabbeugen musste, »dem Knaben hinter uns brennen beim kleinsten Anlass die Sicherungen durch. Er ist total durch'n Wind wegen dem Riemen. Ich war sauer, verdammt, unsere Lage ist schlimm genug.«

In diesem Moment erhob sich Benton, sah Curtain an und ging dann nach vorn und setzte sich zu Gaunt und dem Priester.

»Verstehst du«, sagte Curtain ein wenig lauter, »ich musste ihn rüffeln. Total idiotisch, dass er sich so aufregt. Die Riemen sind für uns das Wichtigste. Das Wasser mag alle sein, aber solange du Riemen hast, kannst du bis zum letzten Atemzug was tun, und ich hab ihn gerüffelt. Hat gedacht, er sieht ein U-Boot. Ich glaube, er hat tatsächlich gedacht, er sieht ein dämliches U-Boot.«

»Ich hab gerade mit Pater Michaels gesprochen, auch er verändert sich. Niemals spricht er von Schiffen, scheinen ihn nicht zu interessieren, als wäre unsere jetzige Lage für ihn auf Dauer.«

»Man verliert sein Zeitgefühl.«

Stone tastete über Curtains Rücken. »Du hast deine Klamotten nicht getrocknet.«

»Sie sind trocken – hab sie auf dem Leib getrocknet. Gar nicht gemerkt, dass sie nass waren. Gar nicht gemerkt, dass sie trocken waren. Sieh dir den Gaunt an, wie er sich wieder in den Mittelpunkt spielt. Schätze, er belämmert sie wieder mit seiner elenden Geschichte. Benton ist ein neugieriges Bürschchen. Lässt sich von Gaunt leicht beeinflussen. Sie haben über mich geredet. Sie meinen, ich würde sie nicht hören, aber ich höre sie. Auf einem kleinen Boot kriegst du alles mit. Komisch, wo wir von Booten sprechen. Ich hab mir immer gesagt, ich bin gespannt, wie es wohl ist mit zweiunddreißig menschlichen Wesen auf einem Boot, und du hast sie vorher noch nie gesehen, und außer dir nur noch ein Seemann an Bord, vielleicht zwei. Ich war inzwischen fünf Mal in einer solchen Situation, und ich hatte nie eine komplette Besatzung dabei.«

»Du redest, als wärst du irgendwie enttäuscht«, sagte Stone.

»Einen Scheißdreck bin ich!«, erwiderte Curtain lachend. »Zeig mir deine Hände, Stone.«

Handflächen nach oben präsentierte er Curtain seine Hände.

»Mh!«, sagte er, »mh! Blasen. Tut's weh?«

»Jetzt nicht«, sagte Stone mit müder Stimme, als hätte er keine Lust mehr zu reden.

»Bist du bestimmt in Ordnung, Stone? Morgen geht's wieder von vorne los, vergiss das nicht. Verlass dich auf nichts von dem, was ich gesagt habe.

Man redet eine Menge Unsinn in einem Boot, allemal nach zwei oder drei Tagen.«

Stone war von Zweifel umspült, und er hielt Curtains Arm umklammert. »Zum Teufel mit dir«, sagte er, »du hast von einem Vogel gesprochen. Du musst verrückt sein.« Er schüttelte Curtains Arm.

Schließlich machte Curtain sich los. »Sei kein Idiot – man muss was riskieren, verdammt, es geht jetzt nur noch ums Riskieren. Man muss über irgendwas reden, und sei es ein kleiner Vogel. Damit die Zeit vergeht. Und woher willst du denn wissen, dass da nicht vielleicht irgendwo ein ganzer Schwarm rumfliegt. Du hast heute einen Wal gesehen: Warum zum Teufel sollen wir nicht morgen einen Vogel sehen?«

»Du hast gesagt, wir *werden* einen Vogel sehen. Das hast du zu mir gesagt. Der Junge hat's gehört.«

»Ich hab nichts dergleichen gesagt. Was ich gesagt habe, war«, ließ die Riemen durchs Wasser ziehen, sah Stone ins Gesicht, legte zwei große Hände auf dessen Knie und drückte sie nieder, als erwartete er, dass der Mann aufspringen könnte, »ich hab gesagt, ich habe Hoffnung geschöpft, weiter nichts. Reden wir nicht mehr davon. Du weißt, was der Priester sagt? ›Es gibt Zeiten, da soll man reden, und es gibt Zeiten, da soll man schweigen.‹

Er ist weise, Pater Michaels.« Im Stillen sagte er sich: »Klappe, los, halt die Klappe.«

»Ich dachte, er würde uns ganz und gar verlassen«, sagte Curtain. »Hab ich wirklich gedacht«, Auge in Auge mit Stone, ihn haltend. »Ich dachte, er stirbt.«

»Dachtest, dass wer stirbt?«

»Na, der Priester natürlich. Jetzt ist jemand anders dran«, sagte er – rief er: »He da, Benton! He da, Gaunt! Wie wär's mit ein bisschen Schub für den Heimweg?«

»Und um Gottes willen bitte keine weitere U-Boot-Sichtung«, sagte Curtain, als Benton sich hinsetzte. »Was habt ihr da vorne besprochen?«

»Enteneier«, sagte Benton und ließ den Blick über das Boot streichen.

»Kriegt man richtig Appetit, hab ich recht, Stone?«

»Ich nicht«, sagte Stone, »mir tun nur die Augen weh vom ewigen Anblick der verfluchten See.«

»Du bist nicht müde genug. Wenn du so richtig fertig bist, dann tun dir auch die Augen nicht mehr weh. Dafür die Knochen, Stone. Komm und halt deine Hände ins Meer. Gegen Blasen gibt's nichts Besseres. Hast du Blasen, Benton?«

»Nein!«

»'türlich nicht. Sieh dir das an, Stone«, sagte er. »Das sind doch mal Muskeln. Wenn er von diesem Boot an Land steigt, ist er ein richtiger Mann«, und er zog Stone mit sich fort.

»Du schenkst bitte schön allem, was ich sage, keinerlei Beachtung. Immerhin hab ich genauso wie du ein Recht darauf, Unsinn zu reden, oder etwa nicht?«

Stone saß achtern auf einer Bank und hielt die Hände ins Wasser. Er ließ sie schwer herabhängen, beobachtete, wie sie durchs Wasser gezogen wurden, derweil Benton ruderte.

»Wir können schließlich nicht die ganze Zeit dasitzen und uns gegenseitig anglotzen wie die Hornochsen, oder? Wenn wir nicht reden, werden wir am Ende alle bekloppt. Ich kümmere mich einen Dreck um das Zeug, was der gute Gaunt sabbelt, vielleicht ist ja sogar seine Frau eine reine Erfindung. Aber man muss über was reden. Pater Michaels hat über Enteneier geredet. Davon kriegt man Hunger, und dann redet man über die großen Abendessen, die man sich gönnen wird, sobald man hier raus ist. Komm, Stone, bisher hast du deine Stimmungen so gut im Griff gehabt, lass dich jetzt nicht hängen. Die Lage normalisiert sich allmählich. Dem Priester geht's ein wenig besser. Sogar Gaunt hat sein Schmollen eingestellt. Benton denkt nicht mehr die ganze Zeit an seine Füße. Kopf hoch, verdammt, wir sind immerhin noch am Leben«, und er fing an, ihm auf den Rücken zu klopfen.

»Ich hab bloß an den Vogel gedacht«, sagte Stone und drehte sich um, ohne den anderen anzusehen, er sah nur Gaunt dahocken und reden. Der Priester rührte sich nicht, saß wie eine Holzfigur vor dem Horizont. Man sah irgendwo hin und begegnete dem Blick eines anderen; man hustete, und irgendjemand sah zu einem herüber; man hob die eine Hand, dann die andere, und jemand beobachtete einen. Man sagte etwas, alle hörten zu; man atmete, alle lauschten. Das Boot war voller Augen, lauernden, beobachtenden Augen. Stone spürte, dass sie in diesem Moment auf ihn gerichtet waren.

»Sie wissen, dass wir wieder über Schiffe geredet haben, dass wir gefunden werden, aufgefischt.«

»Sei nicht albern. Sie können dich nicht hören. Wieso meinst du, sie wüssten, dass ich von einem Vogel gesprochen habe? Unsinn. Es geht so schnell, dass man sich was einbildet. Das macht es am Ende nur schwierig für dich selbst. Du legst dich hin und kannst nicht schlafen. Der Kopf schwirrt dir von lauter Ideen, du klammerst dich an irgendeinen idiotischen Gedanken und meinst, es ginge um Leben und Tod, und du kannst nicht schlafen. Wenn du einschläfst, bist du verloren. Mach es wie ich, Stone.«

»Wie du?«

»Warum nicht. Denk an einen Vogel, den du vielleicht sehen wirst, und schlaf mit dem Gedanken ein, aber lass aus dem einen Vogel keine Tausende werden, denn das führt dazu, dass du dich im Schlaf herumwirfst und keine Ruhe findest. Entspann dich. Es tut mir inzwischen wahnsinnig leid, dass ich den verdammten Vogel überhaupt erwähnt habe.«

Sie schwiegen, und es kam ihnen vor wie eine Ewigkeit, und irgendwann ließ Curtain den anderen dahinten allein, nun hatte auch ihn die gleiche Ungewissheit erfasst. Er verfluchte sich dafür, von einem Vogel geredet zu haben. Zur Hölle mit dem Vogel. »Verdammt, man muss doch über was reden, über irgendwas.«

Er ging zu Gaunt und dem Priester. Vor ihrem geistigen Auge tauchte der Wal wieder aus dem Ozean auf. Er war verschwunden, aber nur vorübergehend. Pater Michaels sprach, und schon tauchte er wieder an die Oberfläche.

»Der Wal war gewaltig, Mr. Curtain«, sagte er,

das längst vergessene »Mr.« gab ihm seine volle Statur zurück. »Mr. Curtain, ich habe noch nie im Leben einen Wal gesehen, und ich war so froh, einen zu sehen, dass ich mir gesagt habe, allein dafür ist es es wert, hier im Boot zu sein.«

»Sie sind ganz harmlos«, lächelnd, »solange man ihnen nicht in die Quere kommt.«

»Man kann sich gut vorstellen, dass sie ohne weiteres in der Lage sind, einen Menschen zu verschlingen«, sagte Gaunt. »Ohne weiteres. Ich hab über sie gelesen, ich hab nie gedacht, dass ich einen zu Gesicht bekomme«, mit vollkommen ruhigem Ausdruck, mit vollkommen ruhiger Stimme, so dass Curtain sich sagte, Kay musste Welten entfernt sein, vergessen. Gaunt kehrte langsam zurück in die Normalität; Gaunt wurde wieder er selbst, wurde, was er vor langer Zeit einmal gewesen sein dürfte. Gaunt ging es jetzt deutlich besser. Und so sprachen sie von dem Wal, seiner Form und Größe, seiner Farbe, seinem Gewicht und seinen Gewohnheiten, sie alle drei sprachen darüber, ruhig, gelassen, wie drei Professoren im Labor. »Was das Alter des Wals angeht, ich schätze, er war ungefähr …«, so sprachen sie, als sei nie etwas anderes geschehen in ihrem Leben als diese Sichtung eines einsamen, verspielten Wals.

Man musste gelassen bleiben. Dies war Gelassenheit pur. Curtain war jetzt gewiss, war mehr gewiss denn je, dass sich die Dinge für sie zum Guten wenden würden, machte sich keine Sorgen wegen des nächsten Tages, wegen des Wassers, wegen der Seekrankheit; die Gedanken hatten sich abgekühlt, die Zeichen waren eindeutig, es bestand keinerlei Gefahr. Wie ein Fluss, der gemächlich dahinfloss, geradeaus, keine Windungen, keine schilfbestandenen Sümpfe, steter Fluss. Dem glichen in diesem Moment ihre Leben. Nur ein Vogel flog ruhelos durch Stones Gedanken, ein Riemen ragte vor Bentons geistigem Auge empor in die Luft, eine Kakerlake wurde zum Unterseeboot, und dann zum Wal. Er dachte daran, wie Pater Michaels mit alten grünlichen Zähnen den Zwieback zerbiss, wie Gaunt beim Rudern sang, wie Benton, der seine Stiefel wieder anhatte, mucksmäuschenstill dasaß, Stone hinter ihm, gelassen, der Dinge gewiss wie er selbst.

Der Tag war lang, die Luft flimmerte vor Hitze, das Licht war hart, der Himmel messingfarben. Niemals hatte er an Dunkles gedacht, auch wenn ihm die Möglichkeit stets bewusst gewesen war und er sie mit seinen Gedanken umkreist hatte wie ein warnendes Gefahrensignal. Ein Mann über Bord, das Boot vollgeschlagen und gekentert, Pater

Michaels schreiend im Schlaf, Gaunt, der sich zum Wasserfass schleicht, zuckender Kopf, wachsamer Blick, Hände am Fass. Jetzt dachte er an nichts von alledem. Der morgige Tag lag klar vor ihm. Irgendwo flog der Vogel, irgendwo saß er oben auf einer steilen Klippe, mit den Flügeln schlagend, bereit zum Aufbruch, der Wind pfiff die Abbruchkante der Klippe hinauf, und dann flog er los, mit einem kurzen gellenden Schrei, hoch empor in die Lüfte, hinaus auf den Ozean, als wüsste er, dass dort das Boot war und dass ein Mann ruderte, in Richtung Land ruderte. Der Vogel trug ihn mit sich fort – er hörte nicht, dass der Priester ihm eine Frage stellte, die Gaunt beantwortete.

»Ja, das stimmt, wir haben nicht mehr viel Wasser«, sagte er.

Ein Gongschlag riss Curtain aus seinen Gedanken. »Helfen Sie dem Jungen, helfen Sie ihm. Er kann nicht mehr. Los schon. Ich hab die meiste Zeit gerudert. Machen Sie schon.«

Gaunt ging. Curtain sah den Priester an. Der Vogel war fort, davongeflogen, hinaus aufs Meer.

»Ich glaube nicht, dass es Grund zur Sorge gibt, Pater«, sagte er. »Es ist noch genug für Sie da.«

»War bloß eine Frage; hatte nichts zu bedeuten, wirklich«, bemerkte den besorgten Ausdruck auf dem Gesicht des Seemanns. »Ich wollt's nur wissen.«

»Es ist genug da für alle«, sagte Curtain. »Genug für drei volle Tage. Keine Sorge. Es wird alles gut. Das versprech ich Ihnen«, tätschelte dem alten Mann die Hände.

»Drei Tage«, sagte er. »Drei Tage. In drei Tagen kann eine Menge passieren. Stellen Sie sich bloß vor, vielleicht sind Sie dann schon gerettet und in Sicherheit, liegen in einem hübschen frisch bezogenen Bett, und jede Menge …«

»Drei Tage?«, fragte er noch einmal.

»Ja, drei Tage«, sagte Curtain.

Man durfte nicht schweigen. Man musste reden. Zur Not auch über das Wasser. Man musste reden.

»Hat Gaunt mit Ihnen darüber gesprochen, Pater Michaels?«

»Nein, nein! Er hat über gar nichts gesprochen, nur über den Wal. Er hat mir anfangs oft von seiner Frau erzählt, aber das tut er inzwischen nicht mehr, worüber ich froh bin. Es war ermüdend, und es war alles so belanglos, fand ich, so belanglos.«

»Hat er über das Wasser geredet? Das ist es, was ich wissen will.«

»Nein!«

»Gut, das genügt mir. Schauen Sie, jetzt ist alles

in Ordnung. Kein Nervenkrieg an Bord, keiner meint, das Schlimmste steht uns noch bevor, keiner macht sich Gedanken, nur unsinniges Geschwätz über Wale. Das macht alles einfacher. Sie brauchen sich nicht zu sorgen. Jetzt hol ich Ihnen was zu trinken.«

»Wird knapp, knapp«, murmelte er, als er in das Fass sah. »Noch ungefähr zwei Tage, höchstens. Es gibt noch Milch. Sie werden ein bisschen Milch trinken müssen.«

»Es droht nur noch eine einzige Gefahr«, sagte er, »dass einer vom verfluchten Seewasser trinkt.«

Er ging und brachte dem Priester ein Gemisch aus Milch und Wasser. »Trinken Sie das, dann geht es Ihnen gut. Und bleiben Sie ruhig sitzen. Bald sind Sie eingeschlafen. Versuchen Sie, an nichts zu denken, vergessen Sie alles. Ich komm wieder und mach Ihnen in bequemes Lager, bevor es dunkel wird.«

»Wo gehen Sie hin, Mr. Curtain?«

»Dort«, zeigte nach achtern, »dort, wo der Unterschlupf ist.«

»Was machen Sie dort?«, fragte Pater Michaels und verschüttete die Milch über seinen Mantel, wo sich ein langes weißes Rinnsal bildete.

»*Schlafen* Sie«, sagte Curtain. »Schlafen Sie fest,

ich weiß nicht, wie lange es her ist, seit ich zuletzt geschlafen habe.«

»Können Sie nicht schlafen?«, hielt Curtain an der Jacke. »Etwas macht Ihnen Sorgen, Mr. Curtain.«

»Nichts macht mir Sorgen«, sagte er. »Ich hab an den Wal gedacht. Ich fand es komisch, wie er da im Meer herumgetanzt ist. Das ist ihre Art zu spielen.«

»Etwas macht Ihnen Sorgen«, sagte er und versuchte aufzustehen, fiel wieder zurück. »Sorgen.«

»Mir nicht«, sagte Curtain und entfernte sich.

IX

Ein Tag verging, die Nacht kam, die Nacht verging: Und das Boot kroch dahin, ein Insekt auf dem Ozean, glatt und geräuschlos. Die Stille glich großen Bögen, unter denen es hindurchglitt, und hoch darüber ein Himmel, wässrig blau, darin wie mit Bleistift hineingezeichnet helle Wolkentupfer. Das Auge wanderte und machte Halt an einer Linie, wo Himmel und Wasser sich trafen, wo ein Flecken Wasser tanzte, wo ein Lichtstrahl den schweren Schatten des Meeres versengte. Der Zenit der Kräfte war erreicht, und das Auge zog sich zurück, zitternd; es schloss sich, und der Kreis des Ozeans begann sich zu drehen, schwindelnd, er verlor seine Kraft. Man horchte, und der Atem klang wie Donner. Man setzte sich, man legte sich, man streckte die Glieder von sich, die Gedanken waren von Wasser durchströmt. Man durchstöbert für eine Weile den Ozean, Hoffnung schraubt sich empor, Türen schließen sich, Schlüssel drehen sich im Schloss, Hoffnung schraubt sich herab. Es ist nichts in diesem Ozean außer einem einzigen dahinkriechenden Boot.

Jenseits dieses Horizontes bewegen sich Schiffe, eine ganze Welt von Schiffen, auf Wegen, sie umfahren Landspitzen, Felsklippen. Schiffe passieren Schiffe, sie teilen miteinander das Meer, sie umrunden Kaps, weichen Untiefen aus, drehen bei, bolzen sich fest oder gehen achteraus. Sie sprechen mittels Funkwellen, Schiffe sprechen auch mit den Augen, Blinksignale antworten auf Blinksignale. Welle spricht zu Welle, dieser Ozean ist lebendig. Sie verstecken sich in Buchten, fahren in changierender Dunkelheit, sind rastlos wie Wolken. Sie fahren über Wasser, sie fahren unter Wasser, das Kielwasser des einen ist ruhig und gleichmäßig, des anderen aufgewühlt, Schiffe greifen an. Schiffe fahren durch Helligkeit und Dunkelheit, und die Stunden werden mit einer Glocke geschlagen. Sie bespitzeln einander, sie halten Ausschau und warten. Schiffe bewegen sich, tarnen sich durch Langsamkeit, nur fremdartige Wellen verraten Tempo, Licht spiegelt die wissenschaftliche Welle zurück. Sie durchpflügen sämtliche Meeresoberflächen, Schiffe bewegen sich unter Wasser, reichen tief hinab, erbeben nah dem Höllengrund. Diese Ozeane reißen mit, diese Ozeane erkalten niemals. Sie fahren im Konvoi, Bestimmung gekettet an Bestimmung, man umkreist sie wissend, aus sicherer Distanz beobachtend, Kielwasser kabbelt sich mit Kielwasser. Schiffe planen das Morgen, ehe das Heute zu altern vermag. Das Licht spiegelt sich zitternd auf diesen Silhouetten, einige erheben sich turmhoch, einige sind gedrungen und niedrig, diese Meere sind lebendig, doch niemand bemerkt ein einzelnes dahinkriechendes Boot auf jenem toten Ozean, wo die Stunden tief hängen, tief wie die Hoffnung, eine lauernde Kralle, bereit, sich auf jegliches gesichtete Ding, auf jegliches Geräusch zu stürzen, ein einzelnes Boot, das dahinkriecht auf glattem Meer. Schiffe singen anderen Schiffen etwas vor, die zu weit weg sind, um zu hören, Schiffe sind unterwegs zu jenen Stunden, die ihnen Gewissheit verheißen.

Licht strich über ihre Augen, sanft, wie Finger. Sie räkelten sich gleichzeitig, Körper an Körper, Gaunt und Stone. Langsam erwachten sie, halb noch im Traum, benommen schlugen sie die Augen auf. Sie sahen einander an, ohne etwas zu sagen. Der Himmel gähnte von oben auf sie herab.

»Mein Gott!«, sagte Gaunt, »mein Gott!«

Stone formte in Gedanken Wörter, öffnete den Mund, als würde er sprechen, doch schafften es die Laute nicht, die brennende Barriere in seiner Kehle zu überwinden; Mund und Zunge schienen gespickt von kleinen flackernden Flammen. Er stemmte sich hoch, aber eine Welle der Erschöpfung überrollte ihn und drückte ihn zurück.

»Verflucht!«, sagte Stone, »oh, verflucht!« Und dann setzte er sich auf. Er fühlte sich kraftlos, Füße aus Blei.

Auch Gaunt setzte sich auf.

Sie sahen sich um, gewahrten Benton, der dalag, einen Arm über den Kopf geworfen, und den Priester, dessen vorgebeugter Körper einen Halbkreis beschrieb. Sie fragten sich, ob die beiden Männer noch schliefen. Sie merkten nicht, dass das Boot trieb, dass Curtain mittschiffs kauerte, der Körper zusammengesunken wie ein Sack, in tiefem Schlaf gefangen.

»Mein Rücken tut weh«, sagte Gaunt, »... tut weh.«

»Ich komm kaum hoch«, sagte Stone und stützte sich mit den Händen auf Gaunts Schultern, um aufzustehen. Und dann sah er Curtain.

»Mein Gott!«, sagte er, wobei er die Worte zwischen seinen heißen trockenen Lippen hervorpresste. »Irgendwas ist los mit Curtain«, und mit ungeschickten Bewegungen und unter Schmerzen machte er sich auf zum schlafenden Seemann, schüttelte ihn.

Während er an dem schweren Körper rüttelte, wuchs seine Angst. Das Boot trieb, aber wie lange schon, wie lange?

»Wach auf, Curtain! Wach auf! Curtain! Curtain!«

Im Rhythmus von Stones Rütteln schaukelte der Körper des Mannes auf der Ruderbank vor und zurück.

Gaunt stand jetzt hinter ihm. »Weck ihn!«

Stone sah Gaunt an, sagte nichts, schüttelte nur weiter den schlafenden Seemann, mit rauschhafter Ekstase in den Händen, mit einem Gefühl vollkommener Leere im Kopf.

»Er ist nicht …«, sagte Gaunt.

Stone fuhr fort, Curtain zu schütteln. »Wach auf, verdammt, wach auf, Curtain«, derweil schossen ihm Gedanken durch den Kopf. »Nur er kennt sich aus, kennt sich aus. Ohne ihn können wir nichts tun.« Stone schleuderte Gaunt seine Worte mitten ins Gesicht.

»Kennt er sich wirklich aus?«, fragte Gaunt, wobei sich Furcht und Vorsicht vermischten, den Blick hatte er auf das Gesicht des tief schlafenden Mannes gerichtet.

»Er kennt sich aus. Wir brauchen ihn. Er weiß …«, sagte Stone, wütend, in seinem Kopf tosendes Gebrüll, »weiß, wie weit das Land entfernt ist. Er weiß es, er hat es mir erzählt. Er richtet sich nachts nach den Sternen. Seine Wache … sein … wach auf, Curtain.« Er hörte nicht auf, den scheinbar toten Seemann zu schütteln.

In ihrer Vorstellung breitete sich der Ozean immer weiter aus, der Ozean war die ganze Welt, er hielt sie gefangen. Beide ließen sich auf die Bank fallen und starrten mit dümmlichen Gesichtern auf den schlafenden Curtain.

»Verdammt! Wachen Sie endlich auf!«, schrie ihm Gaunt ins Gesicht.

Er ruderte, wenn sie schliefen. Er redete mit ihnen; er half ihnen; er kümmerte sich um den Priester, wenn dem schlecht war; er massierte Benton die Füße; er lachte über einen Wal. Er sagte: »Ruhig bleiben.« Er sagte: »Alles wird gut.« Er erzählte von einem Vogel, erzählte von buckligen Brechern, er hielt Ausschau nach dem typischen Wellengang in Landnähe. Er kannte sich aus. Er war da, immer. Er verteilte das Wasser, weichte Zwieback ein, sorgte dafür, dass ein greiser Mund ihn aufnahm. Er sagte: »Solange ihr die Ruhe bewahrt, wird alles gut.« Und jetzt schlief er. Mit alledem hatten sie fest gerechnet, es hatte ihnen Gewissheit gegeben. Curtain war da, immer. Einer schloss die Augen, ein anderer schlug die Augen auf, er war da. Einer war seekrank, er war da. Und jetzt schlief er, tief, und damit hatten sie nicht gerechnet. Angst verband sich mit Angst.

»Allmächtiger Herrgott! Was hat er bloß?« Stone schwang eine Hand durch die Luft wie ein Pendel. »Er ist erschöpft, damit haben wir nicht gerechnet.« Er beugte sich vor und begann wieder, Curtain zu schütteln.

Gaunt ließ sich auf seinen Platz sinken, Müdigkeit überkam ihn, aber er versuchte, ein Bein auszustrecken, versuchte, Curtain mit Tritten zu wecken, aber der Fuß reichte nicht hin. Plötzlich war Curtain nicht mehr da, er war verschwunden; da war nur noch ein Wasserfass, das bei Stones Füssen lag, und Stone hatte es fest im Blick. Langsam wandte er den Kopf und sah Gaunt an. In Wellen durchströmte die Hitze seinen halb geöffneten Mund.

»Gaunt!«, flüsterte Stone, einen Anflug von Sorge in der Stimme. »Gaunt!« Dann sah er hinab auf das Wasserfass. »Gaunt«, flüsterte er. »Gaunt!«

Das Fass wurde größer und größer unter seinem verstörten Blick; es schwebte direkt vor ihm, und nach und nach breitete sich ein Lächeln über sein Gesicht. Das Fass war ein Auge, das hinaufschaute zu ihm, ein wachsames Auge. Das Fass war Curtains Auge, das ihn anstarrte.

»Gaunt!«, sagte Stone. »Gaunt!« Er fasste ihn bei der Hand und zog ihn in eine Sitzposition. Er flüsterte Gaunt ins Ohr. »Ein Schlückchen?«

»Er schläft«, sagte Stone, »Er merkt nichts. Für jeden ein winziges Schlückchen.«

»Ein winziges Schlückchen«, sagte Gaunt, die Pupillen sichtlich geweitet. »Eins.«

»Jeder nur ein winziges Schlückchen«, sagte Stone, und seine zitternden Hände bewegten sich hinab Richtung Fass.

»Aber schnell! Er wird wach. Nur ein winziges Schlückchen. Die Ration steht uns sowieso zu.«

»Die Dose«, sagte Stone.

»Weiß nicht – verdammt!«

»Wo ist sie?«

»Da drüben!«

»Wo?«

»Beim Priester. Ich hab sie gesehen.«

»Holen Sie sie«, sagte Stone.

»Nein, Sie! Ich kann mich nicht rühren. Verdammt, mein Rücken, mein Rücken …«

»Holen Sie sie«, sagte Stone, den Blick auf Curtains Auge gerichtet, das Auge auf dem Fass.

»Wir brauchen keine Dose.«

»Wir brauchen eine, verdammt«, sagte Stone. »Und ich war's, der dran gedacht hat.«

»Psst«, sagte Gaunt und legte Stone eine Hand auf den Mund. »Hören Sie!«

Sie horchten. Curtains Atem ging schwer, der Kopf drückte auf seine Brust. Im Vorschiff wandte sich ein Kopf, kleine blaue Augen sahen hinüber zu den drei Männern, die mittschiffs saßen. Benton drehte sich auf den Rücken und ächzte.

»Schnell«, sagte Stone. »Verdammt nochmal, Gaunt! Die Dose! Die Dose!«

»Sie holen sie«, sagte Gaunt.

»Zur Hölle mit Ihnen!« Stone stand auf und machte sich langsam auf den Weg zum Priester.

Gaunt beugte sich vor und versuchte, das Fass zu packen, er war mit den Händen bereits dran, als er sie plötzlich wieder zurückzog, den Blick die ganze Zeit auf dem Gesicht des schlafenden Seemanns.

»Ein winziges Schlückchen. Nur ein winziges Schlückchen«, schrie es in seinen Gedanken. »Die Ration steht uns zu. Ein winziger Schluck.«

Aber er rührte sich nicht. Zweifel hatte ihn erfasst; er meinte gesehen zu haben, wie Curtain die Augen öffnete und ihn ansah. In seinen Gedanken schrie es: »Beeilung! Beeilung!« Die Zunge schwoll ihm im Mund, er würgte, Schwärme bunter Kugeln tanzten vor seinen Augen. Curtain war plötzlich ganz still. Gaunts Hände lagen auf dem

Fass. Er beobachtete Curtains Gesicht. Gaunt sammelte seine Kräfte.

»Ein winziger Schluck! Nur ein winziger Schluck! Das ist gar nichts ... Meine verfluchte Kehle.«

Diese Worte waren die Tragriemen, die den Entschluss hielten, der ins Wanken geraten war. Curtain fiel auf den Rücken, die Arme weit von sich gestreckt; er schnarchte. Gaunt hätte beinahe vor Schreck laut aufgeschrien, als Curtain nach hinten sank; heisere Laute drangen aus seiner Kehle. Er sah nach vorn. Stone hatte ihm den Rücken zugekehrt. Er sah, wie er sich herabbeugte, eine Hand ausstreckte, den Kopf hielt er leicht zu Seite geneigt. Die Hand schwebte in der Luft. Stone zögerte. Er schien Pater Michaels zu beobachten, dessen Kopf fast auf die Knie gesunken war. Während Gaunt hinüberstarrte, bewegte sich Stone. Er sah Gaunt an. Ihre Blicke trafen sich, und sie verständigten sich wortlos. Gaunt gab hektische Zeichen mit den Armen, Stone signalisierte ihm auf seine Art. Ohne ein Geräusch zu machen, griff Gaunt nach dem Fass, hob es hoch, presste es sich an die Brust, in Sorge, es könnte fallen, beobachtete Curtain, warf Stone funkelnde Blicke zu.

Er stand jetzt aufrecht, das Fass vor der Brust, konnte sich aber nicht von der Stelle rühren. Er wollte mit dem Wasser nach vorne, er bewegte den Mund, wie um etwas zu sagen, berührte aber nur mit der Zungenspitze seine ausgedörrten Lippen. Irgendetwas hinderte seine Füße zu gehen; eiserne Fesseln. Er gab sich einen verzweifelten Ruck, er war frei. Er wusste nicht, was ihn gehalten hatte; er wusste, dass er frei war, und langsam wankte er mit dem Wasser nach vorne.

»Das ist es, was er gemeint hat«, murmelte er. »Das hat er gemeint. Bring's her … dahin.«

Er sah, wie Stone sich hinabbeugte, um die Dose aufzuheben; das Wasser hatte er bereits im Mund, eiskalt, er spürte, wie es seine Zunge umspülte, er stolperte über eine Bank, hin zu Stone, hin zu der Dose.

»Einen einzigen Schluck«, sagte er sich, »nur ein einziges Schlückchen. Ich hab's, hab … es«, wankte weiter.

Er hätte das Fass fallen lassen, aber Stone beugte sich vor und nahm es. »Psst!«, sagte er, »psst!«

»Die Dose«, sagte Gaunt und setzte sich, außer Atem, mit den Händen hielt er sich an der Bank fest.

Der schlafende Curtain war vergessen, sie verschwendeten keinen Gedanken an das treibende Boot.

»Die Dose«, sagte Gaunt, »die Dose, verdammt.

Jeder nur einen winzigen Schluck, Stone, ein winziges Schlückchen. Nicht mehr.«

»Psst!«, kam es von Stone mit wütendem Flüstern, zum dritten Mal beugte er sich vor, um die Dose aufzuheben, die zu Pater Michaels' Füßen am Boden lag. Wie sie da hingekommen war, wusste er nicht, einen Moment lang stellte er sich vor, dass sich der alte Priester in der Nacht einen Schluck Wasser genehmigt hatte. Die Dose lag neben seinem linken Fuß. Mit einem Mal zuckte er zurück, als wäre er von etwas getroffen worden, und sah Gaunt mit leerem Blick an.

»Mein Gott!«, sagte Gaunt. »Kriegen Sie sie nicht zu fassen, haben Sie Angst?«, streckte die Hand aus nach der Dose, verlor das Gleichgewicht, aber er fasste die Dose.

»Psst!«, sagte Stone, »psst!« Packte Gaunts Arm, den Blick auf Benton, der sich auf den Rücken drehte. »Den wollen wir nicht auch noch hier«, mit leiser Stimme.

Gaunt wusste nicht, wie lange er dort lag, hingefallen, Dose in der Hand, die Lippen in Bewegung, grotesk, komisch. Stone wollte lachen. Gaunt richtete sich auf. Pater Michaels sah ihn geradewegs an, durchdringend, mit seinem ruhigen Blick. Er sagte nichts. Er sah Gaunt bloß an, und der senkte den Kopf. Der Priester sah zu Stone, der den Blick abwandte.

»Was ist los mit ihm?«, fragte Pater Michaels ganz ruhig, während er beobachtete, wie Benton auf allen vieren nach vorne gekrochen kam. Stone sah es. Gaunt sah es.

Stone sagte etwas, Gaunt direkt ins Ohr: »Verdammt, Sie haben ihn auch noch geweckt.«

»Wen?«

»Ihn!«

Gaunt schaute, stieß ein Lachen aus. »Ich hatte mal einen Spaniel, der hieß Peter.«

Er stellte die Dose hin, griff nach dem Fass.

»Nein«, sagte der Blick des Priesters. »Nein!«

»Gebt mir was zu trinken«, sagte Benton, »trinken alles alleine, verdammte Mistkerle.«

»Einen winzigen Schluck«, sagte Gaunt, »nur einen winzigen Schluck, die Ration steht uns sowieso zu.«

»Nein«, sagte der Blick des Priesters. »Nein.« Er beugte sich vor, presste Gaunt seine Hände auf die Knie.

»Dieses Brennen in der Kehle«, sagte Gaunt. »Nehmen Sie auch einen Schluck.«

Der Priester winkte ab. »Ich wecke Curtain«, sagte er. Benton war auf den Knien. Stone schaukelte auf seinem Platz hin und her; Gaunt hielt das Fass. Der Priester hielt sie in Schach; sie konnten sich nicht rühren. Wie eine Skulpturengruppe. Langsam schüttelte er den Kopf, sein Blick sagte: »Nein.« Zu ihrer Überraschung erhob er sich, sein Körper schien leicht wie Luft.

»Ich wecke jetzt Curtain«, sagte er langsam und ließ den Blick von einem zum anderen wandern.

»Wir sind verloren.«

»Es schert ihn einen Dreck.«

»Nein«, sagte Stone. »Nein, er ist fix und fertig.«

»Rühren Sie das Wasser nicht an«, sagte Pater Michaels. »Ich bitte Sie, um Himmels willen das Wasser nicht anzurühren.« Er sprach Gaunt an, und Gaunt schimpfte lauthals.

»Verdammt! Ich halt das nicht mehr aus«, hob das Fass, hielt es in die Höhe, sah sie alle der Reihe nach an.

»Ich wecke jetzt Curtain«, sagte Stone und sah zum Priester.

»Ja, wecken Sie Curtain«, sagte Pater Michaels.

»Das machst du nicht«, sagte Benton, stand auf, streckte die Arme vor, packte Stone. »Er will was zu trinken, und ich auch. Keiner schert sich einen Dreck, ich hab da gelegen …«

Sie rangen miteinander, ihre Körper verdeckten

den Blick auf Gaunt. Der begann, Wasser in die Dose zu gießen. Benton fiel gegen ihn. Verschüttetes Wasser.

»Gaunt!«, sagte Pater Michaels, »Gaunt!«, und wurde umgestoßen von Stone und Benton, die sich im Bug auf engstem Raum prügelten. Er konnte nichts sagen, er rang nach Luft.

Mittschiffs schlief Curtain seinen tiefen, erschöpften Schlaf, der Körper wie ein Holzklotz, und sein vertrauensvolles Wesen schlief ebenfalls.

»Ich bring jemanden um«, rief Benton. »Geben Sie mir das Wasser, Gaunt.«

Aus zwei wurden drei prügelnde Leiber. Pater Michaels konnte sich nicht rühren. Das Boot schaukelte im ruhigen Wasser.

»Bitte!«, sagte der Priester, die Worte formte er langsam. »Wir werden alle ertrinken, wenn Sie so weitermachen. Bitte! In Gottes Namen, Gaunt.«

Stone fiel, Benton fiel, sie prügelten sich zu seinen Füßen. Gaunt trank aus der Dose.

Das Boot schaukelte, Wasser schwappte hinein, es holte über.

»Gaunt!«, sagte Pater Michaels und versuchte, die Dose zu packen. »Sie benehmen sich würdelos.« Dabei wurde ihm übel, er wandte sich ab, lehnte sich über das Dollbord des schaukelnden Bootes.

Gaunt trank, und dann wurde ihm die Dose aus der Hand geschlagen. Er fluchte und sah Benton an, mit heraushängender Zunge, mit verdrehten Augen, er sah aus wie ein Hund. Gaunt lachte. Mit zitternder Hand versuchte er, das Fass wieder zu verpfropfen; der Spund hinterließ Wasserspuren wie ein Tattoo auf dem Holz. Schließlich traf er das Loch, er drückte auf den Spund, dann stürzte das Gewicht von zwei prügelnden Männern auf ihn herab.

Pater Michaels erbrach sich über den Rand des schaukelnden Bootes. Stone stand auf der Dose, drückte sie unter seinem Stiefel platt. Benton versuchte, an das Wasserfass zu kommen. Gaunt versuchte aufzustehen, fiel wieder hin.

»Nein!«, sagte der Priester keuchend. »Nein!«

»Passen Sie auf, mein Gott, sonst geht es Ihnen über Bord«, schrie Stone, ging auf Gaunt los und schlug ihm das Fass aus den Händen, so dass es auf den Bodenbrettern landete. »Es geht Ihnen …«

Curtain schlief weiter. Im Traum trank er um die Wette, Glas für Glas, er saß an einem Tisch, war umringt von Männern, alle lachten, riefen, höhnten. Ein Glas ums andere schüttete er hinunter; er fing an zu lachen. »Das kannst du nicht machen.«

Er bestieg mit Mum eine Straßenbahn, Nells Hand in der seinen, Mum folgte.

»Mach schon, altes Mädchen«, asthmatisches Schnaufen vor ihnen. Sie setzten sich. Sie stiegen auf den Turm, sahen Mum keuchen, winkten ihr zu. Nell lachte. »Die Rutsche!«, sagte sie. »Die Rutsche!«

»Die Rutsche!«, sagte er und hielt weiter Nells Hand. Sie setzten sich, sie zwischen seinen Knien; sie sausten durch die Luft. Sein Körper schaukelte hin und her; er lachte Nell ins Ohr und sagte: »Macht einen ganz schön duselig, Kind.«

Und dann wachte er auf. Das Boot schaukelte, die Rutsche war verschwunden. Nell verschwunden. Mum verschwunden.

»He!«, rief er. »He!«

Er setzte sich auf, und dann sah er, wie sie sich prügelten.

»Herr im Himmel«, sagte er und beeilte sich, zu ihnen zu kommen. »Meine Güte, alle drei.«

Sie hörten ihn kommen, hielten inne, drehten sich um. Sie beobachteten sein Gesicht.

»Fahrt zur Hölle, verdammte Dreckskerle, was soll das hier?« Die Hände in die Hüften gestemmt, sah er sie an, sie beruhigten sich allmählich, wie Fische japsten sie nach Luft. »Ihr habt gemeint, ihr könnt euch was holen, wenn ich schlafe.«

Sie antworteten nicht; sie lagen ganz still; er hörte, wie Pater Michaels sich erbrach.

»Ihr ekliges Saupack«, sagte er, als würde er mit dem Priester reden.

Er setzte sich und sah sie an. Man schlief ein, sie klauten Wasser. Man konnte ihnen nicht trauen, keinem von ihnen, man vertraute seinem eigenen Hirn, und sonst niemandem.

Er trat nach Benton. »Weg da.«

»Und du kommst auch da weg«, sagte er zu Stone. »Dir hab ich vertraut.«

»Was war hier los?«, fragte er und wunderte sich über seine ruhige Stimme. Vertrauen gab einem von jeher die größten Rätsel auf. »Was war hier los?« Bahnte sich seinen Weg an Gaunt vorbei, ohne Rücksicht darauf, was mit ihm geschah, und wenn er über Bord ging. Er sah, dass Pater Michaels sich erbrach.

»Wieder seekrank?«, fragte er und lachte trocken. Man konnte nichts und niemand trauen, nur dem eigenen Hirn.

»Es war das Schaukeln im Boot, davon ist mir wieder schlecht geworden«, alter Mund, formte Worte, tonlos. »Ich hab gefürchtet, es geht über Bord.«

»Was?«, fragte Curtain, und es klang wie ein Ultimatum.

»Das Fass. Ich hab ihnen gesagt, sie sollen es nicht anrühren. Ich hab versucht zu schreien. Sie haben geschlafen.«

»Ein paar Minuten«, sagte er, »irgendwann muss jeder mal schlafen.«

Er nahm das Fass, sah die Dose, die Stone plattgetreten hatte.

»Was zum Teufel ist hier in alle gefahren?«

Bentons Gesicht fiel ihm auf, er dachte: »Was zum Teufel ist das?«

Als er wieder in die Runde sah, waren Gaunt und Stone verschwunden. Er fühlte sich alleingelassen. Er war auf einer Straße, klopfte an jede Tür. »Bin ich hier richtig?« Nein, hier nicht, weiter dahinten. Von Tür zu Tür, so machte man weiter, ungewiss, verloren. »Versuch es an der Tür.« – »Nicht hier, versuch's weiter da vorne.« So fühlte er sich, verloren; er konnte ihnen nicht mehr vertrauen.

»Wie lange hab ich geschlafen?«, fragte er.

»Lange. War mir bisher nicht so klar. Sie haben mich geweckt, haben untereinander gestritten. Ich glaube, Benton war ziemlich außer sich. Ich hatte Angst, aber ich wusste, dass sie das Wasser nicht anrühren.«

»Ich hol das Ösfass«, sagte Curtain und machte sich auf nach achtern, vorbei an Gaunt und Stone.

Er kam zurück, goss Wasser aus dem Fass in das Gefäß. »Hier!«, sagte er. »Trinken Sie.«

Er war brüsk; dieser Priester war jetzt kein Priester mehr, bloß ein Mann, alt, aber doch ein Mann. Man konnte nur sich selbst trauen, niemandem sonst. »Trinken Sie das aus«, sagte er.

Wie ein Kind hob der Priester den Mund und trank. Curtain ging. Er legte das Fass dahin zurück, wo es zuletzt verstaut war, dann setzte er sich. Die anderen drei beachtete er nicht. Er nahm die Riemen und begann zu rudern. Er würde nicht lange warten müssen. Sie würden zu ihm kommen. Er wusste das, er war sich dessen sicher.

Das Boot glitt durch das silbrige Meer, das Boot war erfüllt vom kräftigen, eigentümlichen Geruch des Meeres.

»Ich frag mich, wie lange ich geschlafen habe, frag ich mich.« Der Satz waberte auf und ab in seinen Gedanken. »Wie lange habe ich geschlafen?«

»Ich war's nicht!« Er sah auf; Benton stand neben ihm.

»Setz dich«, sagte er.

»Es war Gaunt«, sagte Benton. »Ich bin davon aufgewacht. Himmel, gib mir was zu trinken.«

»Gut. Bleib genau hier sitzen. Kein Geschrei.« Er

gab Benton einen Schluck Wasser. »Das muss für eine Weile reichen. Wer hat dich geweckt?«

»Sie haben sich geprügelt da vorne. Ich hab geschlafen.«

»Trink. Sei still. Dann geh und leg dich wieder schlafen. Es gibt weiter nichts zu tun.«

Er nahm ihm das Ösfass aus der Hand. »Und jetzt sei still.«

Er wusste, dass sie ihn beobachteten; er wusste, dass sie kommen würden, einer nach dem anderen, um sich ihre Ration zu holen. Stone war der Erste, er sah ihn kommen.

Stone setzte sich, sah ihn aber nicht an. Curtain ruderte weiter, ruderte, als wäre Stone Luft für ihn, als hätte es ihn nie gegeben. Man musste sich selbst vertrauen. Ehe er es recht bemerkte, sprach er mit Stone.

»Wir hatten das Gleiche schon mal, und da war es Gaunt. Wer war es diesmal? Mir ist es gleich, wer am Galgen landet, es ist euer Leben, nicht meins«, sein kalter, strenger Blick auf Stone.

»Ich war es«, sagte Stone. »Ich hab Wasser aus dem Fass genommen.«

»Du?«

»Ich war es«, sagte Gaunt und rappelte sich hoch. »Ich war es.«

Ein Wortschwall ergoss sich über Curtain; er verstand nichts. Es erinnerte an drei Chinesen, die durcheinanderredeten, an eine schnatternde Horde Affen.

»Was?«

»Ich war es. Verdammt! Wie lange soll das …«

»Klar, das ist der Grund«, sagte Curtain, »ihr vertraut mir nicht – keiner von euch. Selbst er hat jetzt seine Zweifel.« Er deutete auf den Priester.

»Nein, nein, ich hab das Wasser genommen, Curtain, mir hat der Mund gebrannt, ich konnte es nicht mehr …«

»Mir brennt auch der Mund. Und jetzt haben wir kein Wasser mehr«, sagte Curtain.

»Kein Wasser?«

»Nein! Es gab Wasser, bevor ich eingeschlafen bin. Jetzt reicht es noch für den Priester am Morgen«, sagte Curtain. »Jetzt seht ihr, was passiert, wenn ihr die Nerven verliert. Ja, da habt ihr's.«

Sie sahen ihn an, dümmliche Gesichter; sie erinnerten ihn an Dudelsackpfeifer, grinsend in einer Jahrmarktsbude, eine Kiste Kokosnüsse, er zielte nacheinander auf die Gesichter, warf sie zu Matsch. Fünf Treffer und einer daneben.

»Meine Güte! Glotzt mich nicht so an. Ich bin

nicht der Prophet«, sagte er zornig. »Ihr habt euch das selbst eingebrockt. Ihr habt mich schlafen lassen. Es hat euch einen Scheißdreck gekehrt. Ich könnte euch töten zur Strafe dafür, dass ihr das Wasser genommen habt – Stone, verschwinde.«

Sie redeten auf ihn ein, die Augen tief in den Höhlen, auf der Stirn verklebtes Haar. Curtain wurde von mächtiger Wut gepackt, in ihm wallte Kraft auf wie eine unerwartete Offenbarung, und er holte seine Riemen ein. Den einen schwenkte er hoch über dem Kopf, als wolle er sie alle niederschlagen. Salzwasser tropfte von dem Ruderblatt und spritzte ihnen ins Gesicht. Auf der Stirn des Seemanns traten die Adern deutlich hervor; seine Augen, halb verdeckt von buschigen Brauen, blitzten wie die eines Tieres.

»Verschwindet, ihr Widerlinge!«, schrie er ihnen ins Gesicht. »Ihr erbärmlichen nichtsigen Kreaturen. Verpisst euch ins Achterschiff und rührt euch nicht von der Stelle.« Er drehte sich halb um zum Priester. »Das gilt auch für Sie, Sie sabbernder alter Idiot. Setzt euch hin, alle, und bleibt verdammt nochmal da, wo ich sage.«

Seine Stimme drang wie knisternde Funken aus seinem geschwollenen Hals; er würgte heftig, als es ihm die Kehle gänzlich zuzuschnüren drohte. Er ließ sich auf die Bank fallen, das Blatt des Riemens, den er eben noch geschwungen hatte, schleifte nun durch das glasige Wasser neben dem Boot.

Gaunt, Benton und Stone setzten sich; sie lümmelten sich hin, räkelten sich. Stone hatte seine Füße vor sich hin ausgestreckt, sie wackelten im Rhythmus der Bootsbewegungen schlaff hin und her. Keiner sah Curtain an. Sie sahen einander nicht an – sie sahen nirgendwo hin, sie empfanden nichts.

Der Schreck über Curtains Geschrei, mitten hinein in die Meeresstille, hatte sie gefühllos gemacht, wie Männer eben angesichts eines verheerenden Ereignisses gefühllos werden.

Stunden schienen zu vergehen, bis irgendwann Curtain sich noch einmal zu Wort meldete. Er setzte sich auf, warf die Erstarrung ab und sprach so leise, dass er selbst kaum seine Stimme hörte.

»Benton, nimm dir einen Riemen.«

Benton schleppte sich mit absurd steifen Bewegungen zur Bank vor Curtain und packte den Riemen. Sie ruderten. Sie ruderten ungleichmäßig, ohne Rhythmus, ohne Ziel, ohne Sinn und Zweck. Dann trieb das Boot durch eine Blasenbahn von Geräusch, und Curtain sah auf. Pater Michaels war auf den Knien.

»Er betet«, sagte er, »er betet.«

Er verspürte einen Druck auf den Augen, er hatte den Mund weit geöffnet wie ein Hund, der auf den Knochen wartet, der ihm ins Maul gelegt wird; es sah aus wie ein Grinsen, ein erstarrtes Grinsen, die bloßgelegten Zähne leuchteten weiß zwischen dem schwarzen Bart hervor. Er atmete schwer. Immer noch umströmten ihn die Geräuschblasen; er musste an ein Pilgerschiff denken, Geräusche kamen quer über die Bucht, Sängerchöre versteckt in Laderäumen von Schiffen, Hitze, drückend. Sein Fuß begann zu jucken, er rieb einen Stiefel am anderen. Er erinnerte sich an eine dunkelgraue Pier und an strömenden Regen, graue Tierfelle wie triefende Wolken wurden aus schemenhaft erkennbaren Ladeluken gehievt. Ein Wort fiel ihm ein, Milzbrand. Die Geräuschblasen strömten vorbei. Er rührte sich nicht.

Manchmal hielt Benton seinen Riemen aufwärts, so dass Wasser am Schaft entlang zum ledernen Griff lief, der davon glitschig wurde und schwer zu halten war und in seiner Hand rutschte. Manchmal schlidderte er mit dem Ruderblatt über die Wasseroberfläche und schaufelte helle Spritzer in Richtung der beiden Männer am Heck. Die ungeölten Dollen quietschten.

Curtain ächzte ein wenig beim Rudern, und das war, abgesehen von den Dollen und dem leisen Glucksen des Kielwassers am Heck des Bootes, das einzige Geräusch. Curtain sah auf Bentons Rücken. Sein Hals war von hinten besehen noch jung, schmal wie bei einem Kind. Dieser Anblick ließ Curtains Missmut dahinschmelzen, der Zorn, der beim Betrachten von Bentons Rücken in ihm aufstieg, verzog sich. Er war bloß ein Junge. Für einen Augenblick erfasste ihn eine Art grimmiges Mitleid. Erschöpfung war zu erkennen in diesem Nacken, in den langen strähnigen Haaren, die Benton wirr in die Stirn fielen, in den schwachen Händen, mit denen er einst ein Boot auf der Themse gerudert hatte.

Die Zeit zog dahin wie die trägen Wellen und die noch trägeren Wolken.

»Jetzt verschwinde, Benton«, sagte Curtain. »Gaunt, setzen Sie sich an seinen Platz.«

Benton fiel nach vorne und schleppte sich über die von der Sonne ausgedörrten Bodenbretter.

»Ich kann nicht, ich kann nicht«, ein ersticktes Flüstern aus den Tiefen von Gaunts Rachen.

»Nehmen Sie Bentons Riemen«, sagte Curtain.

Man musste seinem eigenen Hirn vertrauen, außerhalb dessen keinerlei Welt existierte. Es bedeutete das Leben.

Sie ruderten. Die Sonne sank tiefer und tiefer hinab in Richtung Horizont. Ein schwacher kühlender Wind kräuselte das Wasser, und das Licht wandelte sich allmählich in ein bleiernes Grau. Die Dämmerung glich einer Traurigkeit, die sich über das Meer herabsenkte. Eine Leerstelle zwischen Licht und Dunkelheit. Im Bug schnarchte Pater Michaels. Zeit zog dahin.

»Stone!«, sagte Curtain.

Der Name war wie ein Ding an sich, ein Stein fiel in die Stille eines großen Teiches. Stone und Gaunt tauschten wortlos die Plätze.

Sie ruderten. Langsam hob sich die Nacht empor in den Himmel, vom Licht im Westen blieb lediglich eine schmale Linie, und dann verschwand auch die.

Curtain hielt trotz schwindelnder Müdigkeit instinktiv Ausschau nach den Sternen. Sie kamen, unvermeidlich. Einer hier, einer dort, wie vertraute Gesichter, willkommen wie alte Freunde, kalt und kühlend für die Augen. Er kannte sie alle. Er kannte ihre Namen, sie waren die leuchtenden Teile in der Maschinerie seines Lebens. Sie wiesen den Weg.

»Lassen Sie's gut sein«, sagte er zu Gaunt und holte seinen Riemen ein.

Gaunt ruderte weiter. Er hatte nichts gehört, war jenseits aller Fähigkeit zu hören, zu sehen.

»Lassen Sie's gut sein«, sagte Curtain wieder, »wollen Sie im Kreis rudern?«

Er boxte Gaunt kräftig in den Rücken. Der fiel nach vorne aufs Gesicht und blieb reglos am Boden des Bootes liegen. Curtain zog den Riemen ein und holte den Treibanker. Ganz langsam ließ er ihn in die Tiefe gleiten. Er schien ungewöhnlich schwer. Er konnte ihn kaum heben. Der Tampen glitt ihm warm durch die Finger, während er fierte. Gemächlich drehte sich das Boot, legte sich quer zur seichten Dünung. Die Körper im Boot wurden auf den Bodenbrettern sanft gewiegt wie Leichname.

Am Ende lag das Boot mit dem Heck zu den Wellen, der Tampen scheuerte ein wenig an der Stelle, wo er belegt war. Der Tag war vorbei, es herrschte jetzt völlige Dunkelheit.

X

»Gott!«, sagte Curtain. »Gott!« Er zog an dem Tampen. »Meine Güte, mir schwinden die Kräfte.«

Er zog wieder, die Kraft wich aus seinen Händen, er setzte sich. Blöde starrte er den teuflischen Tampen an. Daran hing das Gewicht des Ozeans, das Gewicht der Welt. Wieder zog er, ein Stück Bewegung, er hielt fest, sah nichts, dachte nichts, spürte nur das raue Tauwerk in den blasenübersäten Händen. Er beugte sich vor, tauchte eine Hand ins Wasser, befeuchtete das Gesicht, hielt den Mund geschlossen. »Gott!«, sagte er. »Gott!«, und dann passierte es.

Das Gewicht löste sich in Nichts auf, zerbarst gewissermaßen, er zog, zog, und ziehend stolperte er rückwärts und fiel, den Tampen fest mit den Händen umklammert. Da lag er, streckte erst einen Fuß, dann den anderen, seine Gelenke knackten, seinen Körper durchfuhren erste frühmorgendliche Schauer. Er sah nicht auf, er betrachtete den Tampen, der auf seiner Brust lag, er betrachtete seine Hände. Er hatte geschlafen, war erwacht, hatte geschlafen, war erwacht, in unruhigem Wechsel, mit

Anfällen von Zittern. Er konnte den Himmel nicht sehen, das Meer, er konnte die anderen Männer nicht sehen. Alles, was er sah, war der Tampen auf seiner Brust. Langsam setzte er sich auf und sah um sich. Er sah sie an. Recht ruhig, die Dinge. Zum Beispiel die Riemen, die Taue, die Spanten des Bootes. Dinge. Er zog an dem Tampen, er stolperte vorwärts, während er ihn einholte. Es war vollbracht, er war eingeholt. Das Boot war wie ein Fisch, ein gefangener Fisch, ein Fisch in fester Hand, ein elektrisches Puckern ließ es erbeben von Bug bis Heck. Er drehte sich um und sah sie wieder an. Er betrachtete den Priester, dessen Kopf fest auf den verschränkten Armen lag, sein kahler Kopf, der wie ein Ei vor dem Graubraun seiner Kleider weiß leuchtete.

Curtain schleppte sich durchs Boot und holte das Ösfass. Er hielt sich an einer Bank fest und lehnte sich über die Seite. Er ließ es volllaufen. »Ich bin schwach«, sagte er und hob es ins Boot. Er fasste es mit beiden Händen, machte ein paar Schritte und stand neben ihnen, den Dingen. Er kippte das Ösfass ein wenig, um ihnen Wasser über die Köpfe laufen zu lassen, er schüttete sich davon über die Kleider. Das Ösfass fiel mit einem scheppernden Geräusch zu Boden. Er beugte sich hinab, um es aufzuheben, kniete, stützte sich mit den Händen auf der Bank ab, ruhte sich in dieser Stellung aus. Der Kopf war ihm schwer; er hätte ihn am liebsten auf der Bank liegen lassen. Er kniete in dem Wasser, das er verschüttet hatte, er verspürte ein mörderisches Brennen im Mund. Ganz langsam streckte er eine Hand hinab und hob das Ösfass auf. Mit äußerster Anstrengung lehnte er sich wieder über die Seite, machte das Ösfass halb voll, hob es ungelenk, kippte es, schwere Tropfen klatschten, er setzte es ab, schüttete Benton das Wasser über den Kopf. Das Ding rührte sich nicht. Curtain verschnaufte. Mit mühsamen Bewegungen lehnte er sich wieder über die Seite und füllte das Ösfass, Kraft wich aus seinen Händen; Hand und Ösfass stießen gegen das Dollbord des Bootes, Wasser landete in Gaunts Gesicht. Er zeigte keine Regung.

»Ich bin schwach«, sagte Curtain. »Ich bin nicht schwach.« Wieder tauchte er das Ösfass ein, er taufte Stone, dem lief geweihtes Wasser aus dem Haar, zwischen die Augen, weiter hinab in tiefen Furchen entlang beider Seiten der Nase. Er ließ das Ösfass fallen.

»Ich bin nicht schwach«, sagte er, »nicht …« Er hielt sich einen Moment in der Hocke, buckelte wie eine Katze, sah in ihre Gesichter. Er verschnaufte wieder. »Ich bin nicht schwach, nicht …«

Vorsichtig krabbelte er nach vorne, im Krebsgang, das Ösfass schleppte er in einer Hand mit. Er kletterte über eine Bank, klammerte sich fest, das Ösfass baumelte. Er fiel vorwärts auf den Priester, der sich nicht regte.

Das Ösfass fiel ihm aus der Hand; den Mund presste er gegen einen Knopf am Mantel des alten Mannes. Dort verschnaufte er, sah nichts, hörte nichts, fühlte nichts, nur Ausruhen. Er rappelte sich hoch, Blick auf dem Priester.

»Tot!«, sagte er, »tot!«

Das Wort war tief wie der Ozean, wog schwer wie der Ozean.

»Er ist tot.« Die Hände wanderten den Mantel hinauf, Richtung hagerer Hals, Farbe wie vergilbtes Pergament, Finger wanderten hinauf, berührten den schmutzigen Kragen, wanderten weiter hinauf. Berührten das kindliche Gesicht, fühlten Fleisch, nicht weiß, nicht rot, nicht durchblutet, ein altes Gesicht, tot.

»Er ist tot«, würgte er hervor, »tot.«

Er ließ die Finger um den Mund wandern, der fest geschlossen war wie eine Geldbörse, über beide Wangen zu den Augen, die in schwarzen Höhlen lagen, fein geadert, er berührte die Nase. »Tot.« Er lag auf dem Priester und vergaß. Er lag auf dem Priester und sagte: »Tot, tot.«

Man stieg auf voller Vertrauen, man sank hinab voller Vertrauen, man glaubte an einen Vogel. Vertrauen, das war das Leben, jenseits davon war das Nichts, war Leere. Man vertraute auf sein eigenes Leben, auf sonst nichts. Auf einen Mann konnte man nicht vertrauen, auf ein stürmisches Meer.

Er spürte Wärme auf dem Gesicht wie von Atem, und langsam, als wären sie schwere Gewichte, hob er die Lider, und bangend ruhte sein Blick auf dem Gesicht, der Mund stand offen wie bei einem Fisch, und heraus strömte Luft, die Nasenflügel bebten, und Curtain streichelte über den offenen Mund, er streichelte über die Stirn, fuhr mit den Fingern über die Wangen, legte den Mund auf den Mund des Priesters, die Augen gegen die flatternden Augen, er sah Leben pochen unter den durchsichtigen Lidern. Er sah eine gelb verfärbte Zunge auf alten Zähnen liegen.

»Ich …«

»Oh, mein Gott! Guter Gott!«, sagte Curtain und fuhr mit den Fingern über den kahlen Kopf des Priesters.

»Bin noch …«, die Zunge bewegte sich, das Kinn

bewegte sich, die Lider flatterten, die Äderchen auf ihnen tanzten. »Ich bin noch am Leben.« Kraft investiert in Worte, Atem kroch hervor, Atem wärmte Curtain die Finger.

»Am Leben«, sagte er. »Am Leben.«

Er streichelte sein Gesicht, in seinen Gedanken rief es: »Am Leben.«

Er berührte seine Augen, die Lider flatterten empor, er sah, dass der Priester am Leben war.

»Psst!«, sagte er. »Psst!«

»Ich bin noch am Leben … alles gut«, das Zittern verschwand.

»Rühren Sie sich nicht«, sagte er. »Ich hol Ihnen gleich was.«

Curtains Körper glitt zu Boden, wie ein Sack landete er zu Füßen von Pater Michaels. Dann rappelte er sich hoch und machte sich auf zu der Stelle, wo, wie er wusste, das Wasserfass lag. Er taumelte benommen voran, in Gedanken schwamm er hin zu dem Fass. Er setzte sich, plötzlich, wie jemand, der von weit her gekommen ist und nun den Grund seiner Reise vergessen hat. Es war der Kopf, es waren die Füße, die schwer an ihm hingen wie Blei. Er wusste nicht, wie weit er gereist war, ob er Berge hatte erklimmen müssen oder eine Wendeltreppe, die sich im Dunkel verlor, er wusste nicht, dass er das Wasserfass anstarrte. Er wusste nicht, wie lange er dort saß. Er war von weit her gekommen, weit her von einem toten Priester, der am Leben war. Und dann klarte sein verwirrter Geist auf, die Dinge kehrten zurück an ihren Platz. Er sah das Fass. Er sah es eine Weile an, ohne sich zu rühren. Dann senkte er die Hand und berührte es mit der Fingerspitze, er schob es mal in die eine, mal in die andere Richtung, versuchte, den Finger auf das Wasserloch zu drücken. Er beugte sich vor und hob es hoch, es hing in der Luft, er ließ es mit einem Krachen fallen. Das hatte Auswirkungen auf seine Gedanken, ein gewaltiges Rad, das sich schnell drehte, wirbelnde Geräusche, und plötzlich blieb es stehen. Er spürte die Stille nach dem Krachen.

»Verdammt«, sagte er, »verdammt.« Er erinnerte sich nicht mehr an den Priester, nur an das Krachen am Boden des Bootes. Bewegung bereitete ihm Schmerzen, Bewegung bedeutete Anstrengung, das Erklimmen eines Berges, das Heraufhieven des Ozeans an einem Tampen. Er packte wieder das Fass und hielt es, hob es langsam empor. Es fiel ihm aufs Knie, er hielt es fest. Das Gewicht hatte eine stabilisierende Wirkung auf ihn, wie Eisenbänder, die seinen Körper einfassten. Er mühte sich mit dem Spund ab, und mit ungeschickten Fingern, abgebrochenen Nägeln brachte er ihn schließlich heraus. Er senkte den Kopf und peilte mit einem Auge in das Loch. Alles dunkel. Lange sah er hinein, er hob das Fass hoch, schüttelte es, etwas rappelte am Boden. »Da is was drin«, sagte er. Er vergaß die plattgetretene Dose; er erinnerte sich an das Ösfass. Es lag bei Gaunt, bei Stone. Er legte das Wasserfass ab, wuchtete sich wieder hoch, sah sich um, versuchte, sich zu erinnern. Dann wusste er. Das Ösfass bei Gaunt und Stone. Von neuem machte er sich auf, hielt plötzlich inne – »Ich nehm das Wasserfass mit.« Entscheidung zerschellte wie ein Brecher am Felsen, er schleppte sich weiter, fand das Ösfass und hob es auf. Dann, langsamer als zuvor, trat er den Rückweg an. Er ließ sich schwer auf die Bank fallen, wischte das Ösfass mit dem Hemdärmel aus. Er stellte das Ösfass auf die Bank, es wackelte gefährlich, er hob das Wasserfass. Er sah sich um, als würde er beobachtet, von Augen, die er nicht sah, er lauschte auf ein Geräusch. Er kippte das Fass, Wasser rann heraus. Er beobachtete, wie es tropfenweise in das Ösfass fiel, das Ösfass kam ihm riesig vor, eine gigantische Badewanne.

»Das war's«, sagte er. Er meinte, seine eigene Zunge im Mund schnalzen zu hören wie eine Peitsche.

Er mühte sich mit dem Spund ab, genau wie Gaunt; das Loch war nicht da, er schlug mit dem Pfropf auf dem Fass herum, er konnte das Loch nicht finden.

»Verdammt! Da!«

Es war geschafft. Zärtlich, als handelte es sich um ein kleines Kind, legte er das Wasserfass auf die Bodenbretter. Dann nahm er das Ösfass und machte sich langsam auf den Weg nach vorne zum Priester. Auf der Hälfte blieb er stehen. Das Ösfass am ausgestreckten Arm, flehend, wie ein Bettler mit einer Dose. Hatte er das Fass wieder verpfropft?

Er war nicht sicher. Er zögerte, in seinem Kopf blinkte eine Warnlampe, »Hast du das Wasserfass verpfropft?«, eine Frage, die er nicht beantwortete, seine Füße bewegten sich blindlings weiter wie bei einem Taucher unter Wasser. Er erinnerte sich des Priesters und stolperte vorwärts, sehr besorgt um das Wasser im Ösfass.

»Die anderen«, sagte Pater Michaels.

»Trinken Sie«, sagte er und legte den Arm um den Priester, sein Arm hielt einen Mann Gottes.

»Die anderen«, sagte der alte Mann, »die … an … deren.«

»Welche anderen?«, ging es ihm durch den Kopf.

»Welche anderen?«, mit aufgerissenen Augen besah er das Ösfass. »Bitte trinken Sie, seien Sie still, bitte, seien Sie still, trinken Sie«, und hielt dem alten Mann das Ösfass an den Mund. »Stecken Sie die Zunge rein«, sagte Curtain. »Hier! Warten Sie«, und dann zog er ihn zurück, sicher gebettet in seiner Armbeuge, drückte dem alten Mann das Ösfass an die Lippen, spürte einen Schmerz in der Schulter, als er den Priester so hielt. »Los, Pater Michaels, trinken Sie aus.«

Er sah ihm beim Trinken zu. Laute wie von einem Pferdemaul in der Tränke; von einem grunzenden Schwein; eine mit Fliegen übersäte Kuh schlabbert aus einem Teich, grüner Schleim, an einem Sommertag. Er sah ihm beim Trinken zu.

»Alles«, sagte er, »ganz austrinken.«

Hände drückten gegen das Ösfass, schoben es weg. »Genug … die anderen.« Der Mund schloss sich.

»Ich hab gesagt, ganz austrinken«, sagte Curtain, Heiserkeit in der Kehle. »Für einmal ist noch genug im Wasserfass«, sagte er und tauchte die Zunge in das Ösfass, leckte letzte Tropfen auf, die verlockend glitzerten. »Sie werden leben, Sie sind in Ordnung, Sie werden leben.«

»Danke«, sagte der alte Mann, zurückgelehnt,

Augen geschlossen, Hände gefaltet, Gedanken auf Wanderschaft.

»Ich mach es Ihnen bequem«, sagte Curtain, hob ihn hoch, mit Mühe.

Die Augen wieder weit aufgerissen, sah er ein ziemlich langes Boot, ein paar Bänke, einen Riemen, drei hingestreckte Männer.

»Ein Schlachtfeld«, sagte Pater Michaels, schloss wieder die Augen.

Curtains Arm war also wieder frei, und er stand auf, begab sich langsam nach achtern, das Ösfass in der Hand. Er hielt wieder inne, um mit heißer Zunge das Ösfass trocken zu lecken. Über seine Lippen kam ein »Ah …«.

Er saß da und rieb die eingeholten Riemen, je eine Hand auf einem, als wären sie Leiber, die er wieder zum Leben erwecken wollte mit dem Druck seiner Hände, Finger auf Holz, er rieb unverdrossen auf und ab, fühlte an einer Stelle grobes Leder, und sein Körper geriet ins Schwanken. Wasser war wie Öl, träges, schwerfälliges Wasser, das an dem Boot entlangschleckte, ein pelziges Maul. Die Hände hielt er still, mit dem Gesicht lag er auf einem der Riemen, köstlich, kühl. Er tauchte die Hand ins Wasser, befeuchtete sein dunkles Gesicht. Er lehnte sich weit hinaus, schöpfte Wasser in der hohlen Hand, taufte sich, spürte das kühle Wasser auf seinem brennenden Schädel, in dessen Inneren etwas sang, Bruchstücke einer Melodie, einer Melodie, die er nicht kannte. Er sah auf seine kaputte Uhr, das aberwitzige Zifferblatt zeigte zwanzig und zwei Minuten nach zwölf Uhr. Er steckte sie in die Tasche und griff nach den Riemen; seine Arme begannen sich zu bewegen, die Melodiefetzen waren verschwunden. Seine Gedanken weiteten sich, dunkle Ecken wurden ausgeleuchtet, er beobachtete eine langsam ziehende Wolkenformation sich kräuseln, dann zusehends dahinschwinden, er betrachtete einen freien Himmel.

»Nicht tot«, sagte er, »ich dachte, er sei's. Aber sie ...«, und drehte sich um und sah drei, Kopf an Kopf, ein Fuß bizarr verdreht, über Bord gestreckt.

»Und all das trotz seiner«, sagte er und ließ den Blick übers Meer gleiten, und er dachte an Crilley, auferstanden aus dem Staub, schnell wie das Licht, groß wie das Leben, »und all das trotz seiner.«

Weit unten in der Tiefe, der Kühle, würde er seiner gedenken, ausgestreckt auf einem Wasserfass, der Körper von Kugeln durchsiebt. Er vertraute und musste sterben, ein treuherziger Mann.

»Im Namen Jesu Christi.«

Diese Worte hörte er, ein Murmeln im Boot, er hob den Kopf, und da sah er den Priester auf den Knien, und er beobachtete ihn.

»Ich dachte, er sei schon tot, und er ist es nicht.«

Er ruderte, die Riemen funkelten, die Hitze fiel in mächtigen Wellen herab. Er hatte die Augen halb geschlossen, hielt das Gesicht in die Sonne und sah wandernde Feuerstrahlen herabschießen; er neigte den Kopf. Schließlich zog er die Riemen ein und saß still da. Er betrachtete die Linie, wo der Himmel auf das Meer traf, Halbkreise, Leere, er betrachtete den Steven des Bootes auf- und niedertanzen; er betrachtete einen knienden Mann, er dachte an Nell und Mum.

Er war in der muffig riechenden Vorpiek, er war am Kai und zählte auf einer Uhr die Minuten, er war zusammen mit anderen, sie zogen an einem Tau.

»Ich frage mich, ob er stirbt, ob er …«, und langsam glitt er hinab, hinab, zusammengesackt, saß breitbeinig auf trockenen Bodenbrettern.

»Jesus«, sagte er, »mein Mund.«

Er konnte sich nicht daran erinnern, zusammengesackt zu sein, und auch nicht daran, wie lange er schon so dasaß. Irgendwo in weiter Ferne meinte er das Bimmeln einer Glocke zu hören; es drang in sein Bewusstsein, klingelte dort weiter. Er setzte sich aufrecht hin. Ein feiner Dunst lag über dem Wasser. Er brachte wieder die Riemen aus und begann zu rudern; jeder Ruderschlag brauchte seine Zeit, war kompliziert, jeder Ruderschlag kam ihm vor wie ein ganzer Tag, zog sich hin, war zermürbend. Er sah aufs Wasser, er sah zur Sonne. Er fragte sich, wie weit sie gerudert sein mochten. Er dachte in Meilen, hundert, die Ziffern tanzten, ließen ihn wieder schwindeln. Und dann sah er, weit ab an Backbord, etwas, das sich bewegte. Ein oder zwei Punkte, direkt voraus. Er wusste nicht recht, er war sich nicht sicher. Er war sich nicht sicher, er saß ganz still, packte die Riemen fester, beugte sich vor, angespannt. Seine Lippen bewegten sich, bebten. Er spürte, wie etwas in ihm emporstieg, von ganz tief unten, der Ruf, der im Begriff war sich zu formen, der Schrei, den sein brennender Mund ausstoßen würde. Er schaute, ihm wurde schwindelig vom Schauen, ein Fleckchen Wasser, ein Lichtkreis, ein Fleckchen Dunst. Er sah das Etwas sich bewegen. Er hatte nicht bemerkt, dass ihm die Riemen aus den Händen geglitten waren, er hatte die Hände ineinander verschränkt, sie kneteten die Luft, Gelenke knackten, und dann stand er auf. Er hielt die Hände über die Augen, schirmte die Sonne ab. Plötzlich presste er sie sich flach aufs Gesicht, er konnte nicht glauben. Er glaubte an einen Vogel, an hohe Klippen, Derartiges war in seinem Hirn verankert. Genau voraus bewegte sich das Etwas. Er zitterte am ganzen Körper, er öffnete den Mund, um zu rufen, pfeifend entwich ein wenig Luft. Wieder schaute er, er sah das Etwas sich bewegen. Ein Propeller wirbelte in seinem Kopf, in seiner trockenen Kehle steckte ein Wort. Er krächzte: »Ein Schiff, ein Schiff.« Sie rührten sich nicht. Er klatschte in die Hände, er rief: »Schiff! Schiff!« Er stolperte über die Bank, er arbeitete sich zu ihnen vor. Er kniete bei ihnen nieder und rief: »Schiff! Schiff!« Er schlug sie ins Gesicht. Gaunt öffnete die Augen, sah ihn müde an, schloss sie wieder, hörte kein Rufen: »Schiff.« Er zog Benton an den Haaren, stieß Stone mit der Faust gegen den Kopf, brüllte sie an: »Schiff.« Gaunt drehte sich mit dem Gesicht nach unten.

»Ein Schiff! Wacht auf, ein Schiff!«, und dann wandte er sich ab und schaute. Das Etwas tanzte in der Sonne. Das Etwas nahm Kurs auf sie. Er packte das Dollbord, starrte wie irre zu dem Etwas hinüber. »Ein Schiff!«, schrie er und zog sich am Dollbord entlang. Er packte den Priester am Mantel. »Ein Schiff!«

Alte Augen sahen zu ihm auf, alte Augen, überschwemmt von Gedanken. Der Priester drehte sich auf die Seite, mit einem Auge sah er hinaus in den Dunst.

»Ein Schiff, wachen Sie auf, ein Schiff!« Curtain zerrte weiter an seinem Mantel, der Stoff riss, er taumelte rückwärts, »ein verdammtes Schiff.«

Die Worte bewegten sich langsam durch die Luft, schwebten zu ihnen herab, aber als Einziger hatte Gaunt sich bewegt. Hatte sich emporgezogen, hielt sich mit einer Hand an der Bank. Trunken lag er da, starrte hinaus. Er sah eine Gestalt, die sich bewegte, die hoch vor ihm aufragte, riesig in seinen Augen, sie ging vorbei. Er hörte einen Riemen knatschen.

»Ein Schiff! Mein Gott! Ein Schiff.«

Überflüssig, zu winken, überflüssig, ein Hemd zu schwenken, das Schiff kam auf sie zu. Überflüssig, in seine Richtung zu rudern, es hatte Kurs auf sie.

»Schiff!«, schrie Curtain, und in seinem Kopf brüllte es: »Schiff, Schiff, Schiff, Schiff, Schiff!«

Stone rollte an die Stelle, wo Gaunt gelegen hatte. Benton rührte sich nicht. Gaunt hob schweren Kopf, Augen sahen und sahen nichts, mit den Gedanken noch mitten im Traum. Curtain war wie gelähmt, die Riemen in Händen, die sich nicht mehr bewegten. Das Etwas genau voraus, hüpfte im Dunst. Gaunt betatschte die Bank, fiel auf Benton, sabberte ihm ins Ohr. Das Boot trieb. Das Etwas war querab.

»Mein Gott!«, sagte Curtain. Er ruderte. Er hörte einen vorbeikriechen, und es war Gaunt. Er rief: »Halt! Ein Schiff!«

Gaunt lehnte sich vor, und jetzt sah er das Etwas sich bewegen. »Ein Schiff, mein Gott! Ein Schiff!« Er sah, wie sich das Etwas näherte, seine Gedanken kehrten von ihren Wanderungen durch die Hölle zu ihm zurück.

Ein Turm, rund und grau, mitten im Ozean, wehende Flagge im Dunst, ein aufgedunsener Wal, Bauch himmelwärts, in der Sonne glänzend. Ein dralles Schiff, ein riesiger toter Fisch. Sie schauten. Es kam näher und wurde größer, ein monströser Fisch, ein Schädel, ein Schreckgespenst. Langsam trieb es auf sie zu. Und dann sah er ein Schlauchboot, und darin einen Mann. Gaunt griff nach seiner Hand. Das Etwas stieß gegen ihr Boot, und Curtain sah den Mann. »Ein Mann«, sagte er und starrte, dann zog er seinen Riemen ein, der andere hatte sich verklemmt. Er wandte sich an Gaunt.

»Sehen Sie. Ein Mann! Helfen Sie mir, Gaunt.«

»Ein Fisch.«

»Ein Mann, und ich glaube, er lebt. Helfen Sie mir, Gaunt.«

Die Kräfte kehrten ein Stück weit zurück; sie standen gemeinsam auf, eine Hand hielt die andere.

»Wir können ihn reinziehen«, sagte Curtain, »rein … ziehen. Packen Sie an«, sagte er, lehnte sich über die Seite, schrie wütend, »nicht das Boot, den Mann.«

Sie packten zu, sie zogen.

»Ich kann ihn nicht halten …«

»Versuchen Sie's!« Curtain atmete in sein Ohr. »Versuchen Sie's, nicht loslassen.«

Wieder zogen sie, die Gestalt bewegte sich ein paar Zentimeter.

»Ziehen! Ziehen!«

»Tot.«

»Ja.«

»Nein, er lebt.«

»Verdammt, ziehen Sie«, sagte Curtain. »Oh, Gaunt, ziehen Sie …«

Sie hielten ihn fest. Gaunt spürte, wie ihm die Knie weich wurden, er lag auf Curtain. Den Kopf des Mannes hielten sie in ihren Händen. Wieder zogen sie.

»Verflucht, passen Sie auf. Sie bringen uns zum

Kentern«, rief Curtain und beruhigte sich wieder, war beinahe gelassen und entspannt, die Gelassenheit schien von dieser toten Gestalt hinüberzufließen in seine Hände, seine Arme hinauf, wirkte beruhigend auf ihn und auf Gaunt.

»O Gott!«, sagte Gaunt. »Er rutscht, rutscht …«, die Knie wurden ihm wieder weich. »Ich kann nicht …«

Beide gingen sie runter auf die Knie, die Gestalt halb im Boot, halb außenbords, das Boot trieb, das Schlauchboot hüpfte wie ein Korken.

Curtain dachte ans Ertrinken, er hielt weiter fest. Der Kopf lag schwer in seinen Armen. Er dachte an Crilley, tot über einem Wasserfass. Er kannte den hier, er erkannte ihn am Aussehen und an der Berührung, Ekel erfasste ihn. In Gedanken rief er: »Schon wieder, wieder, wieder.«

»Ziehen Sie, Gaunt, ziehen, Mann.« Er empfand Wärme für Gaunt, ohne zu wissen warum, er fühlte mit ihm, mit ihm, der Wasser gestohlen hatte. »Ziehen Sie, um Gottes willen, ziehen Sie.«

»Mein Arm.«

»Scheiß auf Ihren Arm, ziehen.«

So verschwand beim Anblick eines toten Mannes der Nebel aus seinem Kopf, die düster sich schleppenden Gedanken.

»Mein Gott, ich zieh ja«, sagte Gaunt und dachte daran, loszulassen, ein Stück Tod, wozu sollte das gut sein, warum ziehen; in seinem Kopf der Ruf: »Wo bleibt das verdammte Land, wo bleibt das verdammte Land, zum Teufel mit dem Mann.«

»NICHT loslassen. Wenn er über Bord geht, gehen Sie mit. Ziehen, ziehen, ZIEHEN!«

Sie zogen gemeinsam, die Worte gaben ihnen Kraft, »ZIEHEN, ZIEHEN!«.

Der Priester setzte sich auf, sank wieder zurück. Stone rollte durchs Boot, stieß mit dem Kopf gegen Bentons Kopf, blieb still liegen.

»Beinahe«, sagte Curtain, »beinahe«, und zerrte an dem leblosen Körper.

Plötzlich spürten sie einen Ruck, eine Wasserfontäne regnete auf sie nieder, das Schlauchboot kam frei, tanzte davon, die schweren Füße sanken ins Meer. Gaunt ließ los, Curtain war überrumpelt, die Gestalt rutschte ihm weg, versank Stück für Stück.

»Mist, verfluchter, Idiot«, sagte Curtain, die Arme unter den Achseln des Mannes.

Gaunt sprach, nicht böse, nicht erschöpft, nicht beleidigt, ohne Hass gegen Curtain. »Sehen Sie ihn sich an! Sehen Sie, wer das ist!«

Curtain sackte unter dem Gewicht zusammen, er hing über der Bordwand, breitbeinig, aber er hielt den Mann fest. »Schnell! Helfen Sie mir – sonst ertrinkt er.«

»Lassen Sie ihn ertrinken.« Er packte Curtain bei den Beinen, fing an zu ziehen. Curtain spürte nichts davon, die Müdigkeit war wieder da, Müdigkeit wie eine Wolke, die sich in seinem Kopf ausbreitete.

»Helfen Sie mir, Gaunt«, sagte er und atmete schwer, hielt weiter fest. »Er zieht mich runter.«

»Lassen Sie ihn los! Verstehen Sie? Ich verstehe. Lassen Sie ihn los.«

Plötzlich spürte Curtain einen Schmerz im Nacken. Als die Welt anfing zu verschwimmen, rief er: »Ich falle, mein Gott! Gaunt! Ziehen! Ich lass nicht los.« Er verdrehte den Hals, wandte den Kopf, sah Gaunt an. Ein Mann in Angst. »Verdammt noch mal, ich werde ertrinken.«

Gaunt rührte sich nicht. »Lassen Sie ihn los.«

Eine Gestalt kam auf sie zugehüpft, auf und nieder. Es war der Priester. Er hatte zuvor nie einen Schritt getan, hatte nur gesessen oder gelegen und vor sich hingestarrt, geträumt, war mörderisch seekrank gewesen. Und nun kam er zu ihnen, hüpfte, wankte, wie ein Vogel.

»Gehen Sie!«

»Ich werde helfen«, sagte Pater Michaels, fasste

Curtain, zog, fiel hilflos auf ihn, Gewicht auf Gewicht.

Allmählich versank die Gestalt im Meer. Allmählich wurden Curtain die Arme aus den Gelenken gezogen, er spürte, wie sie zu reißen drohten, Übelkeit, ein hohles Gefühl im Magen, dann wurde ganz langsam sein Kopf zurückgezogen, sein Körper fing wieder an, sich zu bewegen. In weiter Ferne sah Gaunt ein Schlauchboot auf den Wellen tanzen.

»Wo zum Teufel ist das Land, dieses Land«, rief er und spürte ein Ziehen in der Kehle.

»Gaunt!«

Und dann kniete Gaunt sich hin, legte seine Arme um Curtain, hielt fest, begann zu ziehen.

»Lassen Sie ihn los«, sagte er, ruhig, war ganz kühl.

»Ich kann nicht, bei Gott, ich kann nicht.«

»Er ist tot«, sagte Gaunt.

»Bei Gott, ich tu's nicht!«, fünf Wörter, fünf keuchende Atemzüge Curtains.

Gaunt packte den Priester, so dass Curtain wieder wegrutschte, drückte Pater Michaels auf die Bank.

»Sie werden uns alle umbringen, Idiot.«

Er zog wieder, zog mit aller Kraft, als würde er ein Boot an Land ziehen. »Das Land, wo ist dieses verdammte Land?« Als würde er Kay zurückziehen, würde sie festhalten, würde im Dunkeln mit einer Menschenmenge ringen. Als würde er einen Wasserkanister herbeischleppen, um sich die Eingeweide zu spülen. Er zog, und langsam kam Curtain zurück ins Boot, er zog, und Curtain sammelte seine Kräfte. Pater Michaels lag auf einer Bank und beobachtete sie. Er sagte nichts. Das Boot krängte, nahm Wasser. Er musste sich wieder übergeben, Erbrochenes auf einem grünlichen Mantel.

»Ziehen!«

»Verdammt, ich ziehe. Alles bloß für den.«

»Ziehen.«

»Ein verdammtes Dreckschwein wie den!«

»Ziehen!«, sagte Curtain, »ziehen!« Ihm stand der Mund offen, die Zunge hing heraus. Wurde mit zwei Tropfen Schweiß benetzt.

Curtain taumelte zurück, und Gaunt half ihm auf. Die Brust zum Zerreißen gespannt.

»Vorsicht!«

»Schon gut, ziehen!«

Gaunt fasste mit beiden Händen einen Arm, begann zu ziehen. Das war das Schiff, der Wal, das Schreckgespenst. Der Tiefseetaucher mit Luft im Bauch. Diese aufgedunsene Gestalt, ein paar Lumpen über dem Rücken, Lumpen in Gaunts Augen.

»Nochmal!«, sagte Curtain, der Pater Michaels mit einem Bein auf der Bank festgeklemmt hielt. »Diesmal zusammen«, sagte Curtain. Wieder zogen sie, sahen Füße heraufkommen, standen ab wie Holzkloben, Meerwasser tropfte zurück ins Meer, zwei Beine ragten hervor wie Riemen, baumelten in der Luft. Langsam zogen sie ihn an Bord.

»Puh! Meine Güte!«, sagte Curtain, dem die Beine versagten, er zog den Dunsemann mit zu Boden, ein eisernes Kreuz fiel kühl gegen seine Wange. Auch Gaunt ging in die Knie. Sie lagen da, Wasser tropfte ihnen von seinem Helm in die Gesichter.

»Er lebt«, sagte Curtain.

Sie schoben das Gewicht von sich herunter; der Körper fiel, sank herab, klatschte auf die Seite wie ein Fisch.

»Er lebt«, sagte Curtain und robbte zu der Stelle, wo der Dunsemann lag.

»Ein deutsches Schwein«, sagte er, »nicht der Erste, der mir unter die Augen kommt. Gaunt!«, rief er, »Gaunt!«

Aber Gaunt war wieder zusammengeklappt und hörte nun nichts mehr.

Curtain kniete sich hin und schlug dem Mann aus dem Meer mit der flachen Hand auf die schlaffen Wangen. Er legte das Ohr an seinen Mund.

Wärme kroch hervor; er spürte sie am Ohr. »Er lebt«, sagte er. Er legte die Gestalt der Länge nach hin, öffnete die Kleider, zog ihm die schweren Stiefel aus, wovon ihm die Fingernägel schmerzten. »Eins von diesen Dreckschweinen.« Er schlug ihm wieder ins Gesicht, zweifelte jetzt, dass er am Leben war, legte ihm wieder das Ohr an den Mund. In seinen Gedanken ein Vogel, ein einsamer Felsen, das Land. Von wo war er hergetrieben?

»Wir sind nicht weit von Land, o Gott! Wir sind nah.«

Er hob den Kopf, ließ den Blick schweifen, fragend. Er ist vom Land hergetrieben, wir sind nicht weit von Land. Wach auf!« Er schlug ihm wieder ins Gesicht. »Wach auf«, schrie es in ihm. »Drecksau.«

Und dann wusste er, was zu tun war. Und dann war er ganz ruhig, war wieder sicher, von Hoffnung umfangen. »Ich geb ihm was zu trinken, armes Schwein.«

Er ließ ihn liegen, schleppte sich an Gaunt vorbei, an dem alten Mann vorbei, der auf einer Bank lag und stöhnte. Er nahm das Ösfass und stellte es neben den Priester. Er hob das Wasserfass hoch. Er zog den Spund heraus und goss Wasser ins Ösfass. Er schüttelte das Wasserfass, dicht am Ohr.

»Und das war's dann«, wollte die Zunge hineintauchen, wollte das ganze Gesicht hineintauchen, Erfrischung so nah, Labsal für seine ausgetrockneten Eingeweide, ein paar Tropfen Wasser aus einem rostigen Ösfass.

Pater Michaels sah ihn aus einem Auge an. Doch Curtain hatte nur Augen für das Ösfass in seiner Hand. Hielt den Griff mit beiden Händen, und machte sich langsam, vorsichtig, auf zum Dunsemann im Heck. Er trat Stone auf die Hand, fühlte sich weich an, nachgiebig unter seinem Fuß, fragte sich, ob er schon tot war, ein sonderbares Gefühl ging aus von der Weichheit dieser Hand. Er kam an Benton vorbei, blieb stehen neben Gaunt, besorgt. Er hielt das Ösfass ganz still, fühlte sich ein wenig schwindelig, ging weiter, schlängelte sich an Gaunt vorbei.

Das Ösfass war die Hostie, und er trug sie, das priesterliche Auge wachte über allem, schloss sich dann friedlich. Curtains Jacke strich sanft über den schmutzigen Mund.

»Wach auf«, sagte er, »wach auf, Dreckskerl.«

Atem strömte aus dem Mund des Dunsemanns, und Curtain sagte: »Lebendig! Er lebt.«

Langsam führte er das Ösfass zum großen, fleischigen Mund, öffnete ihn weit mit dem Daumen und ließ das Wasser Tropfen für Tropfen hineinlaufen, und er sah, wie an der blassen Kehle ein Muskel zuckte.

»Du wirst überleben, Drecksau, du wirst leben.«

Er hob das leere Ösfass an den eigenen Mund, legte die Zunge hinein.

»Er wird überleben.«

Das Ösfass fiel ihm aus der Hand, rutschte von der Brust des Dunsemanns. Er stützte sich zu beiden Seiten auf und sah hinab auf den Mann. Er sah Crilley dort liegen.

»Du hast vielleicht meinen verdammten Kumpel umgebracht«, sagte er, versetzte dem Körper einen leichten Stoß, der rollte zur Seite, blieb reglos liegen. Ein toter Fisch im Boot. Curtain richtete sich auf, verschnaufte kurz, dann stemmte er sich auf die Füße. Mit schwerem Blick schaute er trunken hinaus übers Meer. Er sah, dass der Dunst dichter wurde. Er sah, dass Pater Michaels wie ein Stein von seiner Bank rollte. Er wanderte durchs Boot, stieg hinweg über Stone, über Benton, über Gaunt.

Der Priester hatte einen eigentümlichen winzigen Schrei ausgestoßen. Curtain beugte sich zu ihm hinab und fasste ihn an den Armen. »Armer alter Mann«, sagte er, und halb zog er ihn, halb trug er ihn nach vorne.

Das war der Ort, wo er hingehörte, in sein Nest im Vorschiff, ein heimkehrender Vogel. Kein anderer Platz im Boot, nur dieser.

»Sie sind in Ordnung, in Ordnung«, hörte er sich dem Priester ins Gesicht sagen, dessen Augen sich kaum wahrnehmbar öffneten und schlossen wie die eines Vogels. Er bettete ihn bequem, lehnte ihn gegen die Bordwand. Dann ging er zurück, setzte sich auf seinen angestammten Platz. Er nahm einen Riemen, tastete mit der Hand blind nach dem anderen.

»Gütiger Gott!«, sagte er. Der Riemen war weg, abgetrieben zusammen mit dem tänzelnden Schlauchboot. Er hob den verbliebenen Riemen, hielt ihn mit beiden Händen. Er fragte sich, was zu tun sei. Etwas Schweres in den Händen, ein Riemen. Er richtete ihn aus, dann holte er ihn langsam ein, beobachtete, wie sich der Dunst verzog. Er saß da, benebelter Geist, Körper schwer wie Blei, er sah, wie eine Wolke sich vor die Sonne schob. Er streckte die Arme, lehnte sich zurück, hielt sich an der Bank fest, sah den Himmel an seinen Augen vorbeischweben. Er schloss sie gegen die Sonne.

Der Tag zog dahin, eine leichte Kühle in der Luft, leichter achterlicher Wind, der glatte Ozean verschwunden, das Meer verändert, Seegang kam auf.

Er öffnete die Augen. Blau wechselte zu Grau, und die Luft roch nach Regen. Er starrte aufs Wasser unter ihm. Die Bewegungen des Bootes begannen ihm etwas zu sagen, in einer Sprache, die er verstand, und dann sah er voraus die langen grauen wogenden Wellen. Mit diesem Bild vor Augen schlief er ein.

XI

Der Priester lag auf dem Boden des Bootes, unter dem Kopf die verschränkten Hände. Träge schaute er hinaus in den Dunst. Er glich dem Nebel in seinem Hirn, der allmählich aufklarte. Sein Blick bahnte sich eine Schneise durch den Dunst. Er sah einen Felsen, und auf dem Felsen einen Mann. Er wusste, dass er diesen Felsen sah, diesen Mann. Er rief nicht vom Boot aus, hinüber zu dem Etwas, das er sah. Er konnte nicht rufen, jedes Geräusch würde den Fels zerspringen lassen, jedes Geräusch würde den Mann aus dem Gleichgewicht bringen. Während er hinüberschaute, verschwand allmählich der Dunst. Ein gewaltiges Rad rollte vorbei, geräuschlos, wickelte den Dunst auf. Er rührte sich nicht. Sein Blick ruhte auf dem Felsen. Die Erinnerung kam zurück. Er war von einer Bank gefallen und jemand hatte ihn hierhergetragen, an seinen höchst eigenen Platz, wo er immer gesessen oder gelegen hatte, wo er sich erbrochen hatte, wo er Müdigkeit erlebt hatte, die in die tiefsten Tiefen herabreichte. Manchmal war er allein von hier aufgebrochen, zu langen, stillen Exkursionen, seine

Gedanken hatten ihn über das weite Meer davongetragen, während sein Körper, gedankenlos, hier im Boot zurückgeblieben war. Er hatte Lochs besucht, ruhige Flüsse gestreift, das ewige Zittern des Schilfs beobachtet, hatte auf Altarstufen gestanden, Häupter gesegnet, und einmal hatte er, kopfunter, in einem See gelegen. Er konnte sich langsam drehen, das Innere des Bootes schauen, er sah dort Männer liegen, aber was er sah, war längst von Blicken durchstöbert; er betrachtete die Felsspitze, und er sah gewaltige Seen heranrollen, die sich an dem Felsen brachen. Der Felsen war von Geräuschen überspült. Er hörte diese Geräusche, er sah sie sogar lauter werden, wenn das Wasser emporstieg, ihn überspülte gleich Abermillionen Mündern, die an seinem Fuße raunten. Die Gestalt bewegte sich nicht, und konnte sich nicht bewegen, er hielt sie fest mit seinem Blick. Eine Felsnase ragte aus dem Wasser, eine riesige Nadel, die durch den Dunst schimmerte, ein Finger, der den Himmel hochhielt. Das Rad rollte weiter, wickelte den Dunst auf, er sah es sich drehen, dem Felsen näher kommen. Er dachte an Curtain. Er dachte an Gaunt. Er dachte an gestohlenes Wasser. Seine Lippen öffneten und schlossen sich, er fühlte Kälte, die in der Luft lag. Das Boot trieb weiter, reagierte auf den Schwell, sein Körper reagierte auf die Bewegungen des Bootes, und er schaute weiter auf den Felsen. Er meinte, die Gestalt hätte sich bewegt, der Mann auf dem Felsen, dann schloss er die Augen. Hinter geschlossenen Augen sah er weder Mann noch Fels, aber er sah einen wütenden Curtain, Gaunt lag flach auf dem Rücken.

»Zu viel Glaube, zu viel Glaube an andere«, sagten ihm seine Gedanken.

Er öffnete wieder die Augen, er sah den Felsen. Ein Felsen vor dem Hintergrund des Ozeans. Hinter dem Felsen hielt sich jemand versteckt und klammerte sich an seinen kleinen Kummer, zum Schutz gegen den größeren, der die ganze Welt überflutete. Er dachte an einen toten Seemann, der hingestreckt in einem Holzboot lag, er sah ihn hinter diesem Felsen, geschützt vor dieser Flut. Er hörte wieder die Geräusche, die Brandung gegen den Felsen, er meinte, die Gestalt hätte sich bewegt, er meinte sie sprechen zu hören. »Ein demütiger Schmerz, verborgen.«

»Wie erbärmlich unzulänglich wir doch sind«, fuhr es ihm durch den Kopf, sah Fels und Gestalt verschwinden, fortgespült. Ein aufbegehrendes Meer hat eine Welt verschlungen, Wellen rollten heran wie Mäuler. Die Welt, die er gewahrte, war vom Glauben geplagt, vom Glauben an andere Mäuler, vom Glauben an andere Schreie. Er sah wieder den Felsen, der auferstand aus einem Meer von Mäulern, ein Mann oben auf dem Felsen hielt stille. Die Musik, die er hörte, war laut, Schreie wogten gegen den Fels.

»Zu viel«, ging es ihm durch den Kopf, »zu viel.« Und dann meinte er, die Gestalt würde zu ihm sprechen, er meinte gar einen erhobenen Finger zu erkennen, der auf die tosenden Wasser gerichtet war, die lärmend den Felsen umspülten. »Diese Mäuler, diese Mäuler.«

Und würde er den Kopf wenden, sähe er ein offenes Boot, und darin lägen Gestalten, deren Verfassung der von Augen glich, die blind waren vor Vertrauen.

Der Priester murmelte vor sich hin, mit dem Mund berührte er das Holz des Bootes, mit dem Mund benetzte er das Holz. Aber stets hielt er den Blick auf den Fels gerichtet, den er immer noch sah, in weiter Ferne, schwach, ruhend, formlos im Dunst. Er meinte, er würde sich bewegen, Flecken von Licht und Dunkelheit umkreisten ihn. Er schloss für einen Moment die Augen, dann war es still. Er hob ein wenig den Kopf, um seine Hände freizugeben, er versuchte, sich aufzusetzen, aber ihn schwindelte und er legte sich wieder hin. Er hob die Hände und betrachtete sie. Sie erschienen ihm grau vor einem hellen Himmel, dessen Licht allmählich entschwand wie der Nebel in seinem Kopf. Er sah lange Finger, die sich bewegten. Er bedeckte sein Gesicht. Er sah zwischen den gespreizten Fingern hindurch, er formte den Himmel zu einem Tor. Er murmelte: »Gott.« Er meinte, sein Körper würde von tragenden Händen emporgehoben, er meinte, aus dem Boot zu stürzen, und er streckte die Hände aus und hielt sich an der Bank fest. Er spürte die Wärme des Holzes, das Gefüge dieses Bootes hatte sie über Tage getragen, über Stunden, die zu zählen ihm unmöglich war. Er lag still da, er sah den Felsen näher kommen, er sah, wie die Gestalt sich bewegte, auf dem Felsen. Das Boot trieb weiter.

Plötzlich wandte er den Kopf und sah über das Boot. Er sah Curtain auf seiner Bank liegen, den eingezogenen Riemen neben sich, ihn mit einer Hand haltend. Aber er konnte die anderen nicht sehen, an deren Namen er sich erinnerte, sie wiesen ihm den Weg zu einer Stunde, die er vergessen hatte. Er murmelte diese Namen langsam vor sich hin wie im Gebet. »Stone, Gaunt und Benton – Stone, Gaunt und Benton.« Ruhig dämmerte er hinüber in den Schlaf.

Hoch oben kreiste ein Vogel, schoss herab, flog quer über das Boot und war verschwunden, jagte hinauf zu grauen Wolken. Feiner Nieselregen setzte ein, staubfein, doch den bemerkten sie ebenso wenig wie den Dunst, der sie umhüllt hatte. Nun lichtete er sich allmählich und gab ein Stück Wasser frei, ein größer werdendes Stück Wasser, und dann eine Meereswildnis, schwarzes träges Wasser, das unter dem Bug kollerte, wo Pater Michaels schlief.

Der Horizont war eine Schattenlinie. Der Vogel kam zurück, stürzte sich tief hinab, zerriss die Stille mit dem Rauschen seiner Flügel, doch keiner bemerkte es, sie waren längst stumpf gegen Geräusche. Nur der Priester hörte etwas und schlug die Augen auf.

»Wind«, murmelte er, »Wind«, nicht in der Lage, den Kopf zu heben und einen Vogel wahrzunehmen, der Welle für Welle haarscharf überflog. Er sah zwar keinen Vogel, dafür aber einen Felsen, der umso größer zu werden schien, je länger er ihn betrachtete. Er öffnete den Mund, um zu schreien, aber es entwich nur Luft. Der Felsen kam immer noch näher.

Wind kam auf, ein leichtes Erschauern, mit den Fingern fasste er die Aufschläge seines durchweichten Mantels, er spürte den Wind seinen Rücken hinabgleiten und zog den Kragen fester zusammen. Sein Blick trübte sich, und dann begriff er, dass es am Licht lag, das nun rasch der Dunkelheit wich, und er fragte sich, wie spät es wohl sein mochte.

Während er überlegte, hörte er ein Geräusch, aber abgesehen von Curtain, dessen Körper sich leicht im Rhythmus des Bootes wiegte, der ihn immer tiefer in einen tiefen Schlaf schaukelte, rührte sich nichts. Pater Michaels konnte die anderen nicht sehen, erkannte lediglich dunkle Schatten, wie in weiter Ferne, einen eingezogenen Riemen, und dann starrte er wieder hinaus aufs Meer. Und während er jetzt schaute, meinte er die Gestalt auf dem Felsen mit erhobener Hand dastehen und sich bewegen zu sehen. Als er das sah, fassten seine Hände wieder das Holz. Er war nun sicher, dass der Mann auf dem Felsen mittels Armbewegungen mit ihm zu sprechen versuchte. Ihn erfüllte das Verlangen, das Boot zu verlassen, seine Hand zu fassen, die er nun allzu deutlich sah, ein weißer Stab hinaus über das Meer gestreckt, über das weite Grau. Er dachte an eine Hand, die derart ausgestreckt war, während viele Ozeane vorbeizogen, er dachte an eine Hand, die älter war als die Welt. »Großer Gott!«, sagte er. »Es ist ein Fels.«

Ein Brecher spülte über den Bug und warf ihn um. Er fiel der Länge nach, lag still. Er wusste nicht, wie lange er so dalag, aber als er aufwachte, kam etwas Großes und Schwarzes auf ihn zu, und dann rief er: »Der Fels.«

Ein Fischer stand in seinem Boot, Pfeife im Mund, und winkte mit beiden Händen. Hinter der kleinen gedrungenen Gestalt blähte sich ein Segel. Er trug eine Seemannsjacke. Er sah das treibende Boot. Seines lag so ruhig, dass man denken konnte, es läge für alle Ewigkeit auf diesem Flecken Wasser. Nun setzte es sich in Bewegung.

Und Pater Michaels sah, dass es sich bewegte, aber er konnte nicht noch einmal rufen. All seine Kräfte hatte er in den einen Ruf gelegt: »Der Fels!« Und er lag da und beobachtete das Boot, das auf ihn zukam. Sein Blick getränkt in Erstaunen, er sah es immer näher kommen, die Silhouette des Fischers hob sich klar vor dem Himmel ab.

Pater Michaels richtete sich auf, und der Mann wurde immer größer; dieser Mann kam aus dem Dunst, aus dem Nichts, aus der Leere, und dann sah er ihn dicht vor sich und hörte ihn rufen: »Ahoi da! Ahoi da!«

Der Priester sah ihn an, und in seinen Augen hatte er die Gestalt Christi.

Zum Autor und zu seinem Übersetzer

JAMES HANLEY, geboren 1897 und aufgewachsen in Liverpool. Er verfasste 31 Romane und zahlreiche Kurzgeschichten und Theaterstücke. Er verbrachte neun Jahre auf See, was sein Schreiben stark beeinflußte. Sein Roman *Boy* (1931) wurde der obszönen Verleumdung beschuldigt, was der Grund sein mag, warum der meisterhafte Autor und sein Werk der Vergessenheit anheim fiel. *Ozean* erschien 1941 bei Faber and Faber in London. James Hanley starb 1985.

Zum Buch

Als die *Aurora* nach einem Torpedobeschuss sinkt, findet sich Joseph Curtain an Bord eines Rettungsbootes wieder, gemeinsam mit vier anderen Männern. Sofort übernimmt der erfahrene Seemann Curtain das Kommando und teilt Nahrungsmittel und Wasser ein.

Als die Tage vergehen, treten die Stärken und Schwächen der einzelnen Männer hervor. Und der Wasservorrat schwindet, ebenso wie das Leben des gebrechlichen Priesters Pater Michaels. Und noch immer kein Zeichen der Rettung.

»Hanley ist ein Chronist möglicher Auswege, der die unerforschten Gegenden des Meeres und des Bewußtseins bereist – in einer Sprache, die wie ein Orkan alles hinwegfegt.«
William Faulkner